Josef Freiherr von Doblhoff

Der Heiny von Realp

Ein Volksdrama aus dem 16. Jahrhundert in 5 Aufzügen: nach seiner

gleichnamigen Erzählung für die Bühne.

Josef Freiherr von Doblhoff

Der Heiny von Realp
Ein Volksdrama aus dem 16. Jahrhundert in 5 Aufzügen: nach seiner gleichnamigen Erzählung für die Bühne.

ISBN/EAN: 9783743638914

Hergestellt in Europa, USA, Kanada, Australien, Japan

Cover: Foto ©Andreas Hilbeck / pixelio.de

Weitere Bücher finden Sie auf **www.hansebooks.com**

Der

Heiny von Realp,

Ein Volksdrama aus dem 16. Jahrhundert
in 5 Aufzügen.

Nach seiner gleichnamigen Erzählung für die Bühne bearbeitet

von

Josef Doblhoff.

für den Buchhandel:

Georg D. W. Callwey, Verlagsbuchhandlung
München.

Personen:

Heinrich von Haller, junger Patrizier aus Bern.

Der Heinh von Realp, alter Säumer.

Breneli, seine Tochter.

Ein Prediger.

Der Hospizwirth von der Grimsel.

Zurtannen, Krhstallsucher.

Erster Durchreisender (Walliser).

Zweiter Durchreisender (Berner).

Dritter Durchreisender (Schwabe).

Ein alter Bauer.

Ein junger Bauer.

Ein Schütze.

Ein junges Mädchen.

Ein Säumer aus Italien.

Ein Säumer aus Bern.

Erster Knecht } des Grimsel-Hospizes.
Zweiter Knecht }

Giuseppino Fontana } italienische Säumerknaben.
Sein Bruder }

Ein Küher.

Im 4. Akte Festtheilnehmer (Schützen, Tanzende, Musiker und Zuschauer.)

Das Stück spielt im I. Akte am Südabhange des Gries-passes (Val Toccia), im 2. und 5. Akte bei dem Grimsel-Hospize, im 3. und 4. Akte im Oberhaslithale.

Zeit 1586 und 1587. Zwischen dem 3. und 4. Akte liegt ein Zeitraum von 8 Monaten.

Dekorationen.

1. Akt.

Wildromantische Gegend am Südabhange des Griespasses. Im Hintergrunde der Tosafall, rechts eine offene Heuhütte, links der sich über Felsen emporschlängelnde Fußpfad.

2. Akt.

Altes Grimselhospiz, links Seeufer mit Felsblöcken. Die Hütte hat eine Holzgallerie. Oben eine Thür, unten eine Thür. Vor dem Hause ein langer Tisch und Bänke.

3. Akt.

Im Oberhasli, Stelle über der „Hehlen Platte". Im Vordergrunde steile Felsen; Büsche umgeben einen schmalen Pfad. Tief unten der Thalboden; Fernblick gegen das Unterhasli.

4. Akt.

Festplatz des „Dorfes" auf Wiesenplätzen bei der Handeck, rechts Jochberg=Wald, im Hintergrunde an der Berglehne Schießstand, Tanzplatz auf den Matten, Fahnen, links Fässer mit Wein, Bretter mit Käse und Brot.

5. Akt.

Wie im 2. Akt: Grimselhospiz und Seeufer.

I. Akt.

(Wildromantische Gegend am Südabhange des Griespaßes. Im Hintergrunde der „Tosafall", rechts eine offene Heuhütte, links der sich über Felsen emporschlängelnde steile Fußpfad.)

1. Scene.

Ein Küher.

Küher (vor der Hütte stehend, lauscht dem Läuten der Kuh= glocken und lugt, den Melkstuhl in der Hand, nach allen Seiten aus). Jui! Küheli khommet! Jui! Jui! — Ja! Ja! Der Herbst. Sind das Nebel! Kein Mensch auf den Steinplatten zu hören weit und breit bis Fruttwald. Man sollt' meinen das ganze Thal wär' schlafen gegangen. An solchem Abend treibt's Einen früher auf die Ofenbank. Noch zwei Wochen und wir stecken im Schnee. (Er gähnt laut.) Wie lebendig war's im Sommer. Da hat es Säumer genug gegeben und Fremde und Viehtrieb nach Italien und Käsehandel. — — Aber schau! Der Hahn auf dem Kirchthurme unten dreht den Kopf zum „Gries": Soll ich noch bleiben? Vielleicht giebt es doch wieder Sonnen= schein aus Welschland und lauere Lüfte zum Abschied? — —
(Helles Klingeln ist vernehmbar.)
Was ist das? (Er stellt den Melkstuhl weg, steckt die Daumen in den Ledergurt und hebt den Kopf.) Da muß man aufhorchen. War's mir nicht, als ob ein Säumerzug heraufkäm'? So etwas um diese Zeit, den Winter vor der Thür! Das muß ein Reisender sein oder ein verspäteter Veltliner=Säumer, der diesen Weg nach Tessin nimmt. Ja, Maulthiere sind's! (Klatscht in die Hände) Juhe! Da giebt's was zu reden, bis hinter Weihnachten! Jui! Jui! Küheli! Juiiii! (ab nach links.)

1

2. Scene.

Haller, Giuseppino Fontana und sein Bruder (von rechts).

Haller (mit Barett, Reiterstiefeln, Wamms mit geschlitzten Aermeln, Mantel und Dolch). Absteigen soll ich hier?

Giuseppino. Hier ist der Saumweg zu Ende, Herr! An diesem Abend erreichet Ihr den Gries nicht mehr. Es ist besser, hier zu nächtigen.

Haller. So? Das ist eine Lüge! Euer Herr in Domo hat mir gesagt, wir müßen heute noch bis zum Fuße des Gries gelangen und in einer Höhle könnten wir Feuer machen und lagern mit den Thieren.

Giuseppino. Es ist ja gleich, ob da, ob dort, Signore!

2. Bursche (frech). Wenn wir heute noch umkehren mit den Thieren, dann erreichen wir San Michele vor Mitternacht und morgen Domo zu Mittag. So muß es sein, hat der Padrone gesagt.

Giuseppino (ärgerlich). Schweig! Die Thiere sind zu müde.

Haller. Ihr hab't sie zu stark gegeißelt; ich will Nachsicht haben und zu Fuß weitergehen. Einer von Euch aber muß mein Felleisen tragen bis hinüber in's Wallis, so ist es ausgemacht und dabei bleibt es. Höret Ihr? (Beide blicken ihn verlegen an.)

Haller. Auch nicht für Geld? He! Die Zeit ist kurz; ich muß morgen im neuen Hospiz auf dem Aarboden schlafen. Heraus mit der Sprache! Warum diese verlegenen Mienen? Was giebt's? Was habt Ihr?

Beide (herausplatzend). Wir gehen nicht!

Haller (ruhig). Dann fällt die „Buona mano" in die Tosa, höret Ihr? Wenn ich allein gehen muß, meine Satteltasche und den Mantel selbst trage, oder erst einen Mann abwarten soll, so kostet das wiederum Mühe und Zeit. Also überlegt; soll ein Anderer das Geld haben?

Giuseppino (lebhaft). Für ein Geldstück mehr geh' ich mit Euch bis in's Walliserthal.

Haller (giebt Geld). Da!

2. Bursche. Addio!

Giuseppino (wehmüthig). Da geht er.

(Nimmt Mantel und Felleisen auf).

(Das Klingeln der Maulthiere ertönt wieder.)

3. Scene.

Haller, Giuseppino.

Haller (sich in Bewegung setzend). Was schaust Du so ängstlich? Die Sonne ist jetzt durchgekommen; so haben wir länger hell. Sieh', es kommen die Spitzen der Berge hervor. Nur wie Fetzen hängen noch die Wolken=Schleier an den Gipfeln. (Bleibt stehen und zeigt aufwärts.) Jenes ist das Gigelhorn?

Giuseppino. Ja, Herr!

Haller (überwältigt). Schön! Schön ist das!

Giuseppino (vor sich hinmurmelnd). Ja, schön, wenn man zu Zweien bleibt.

Haller. Warum dieses Brummen? Ohne Winkelzüge! Was hast Du?

Giuseppino (bekreuzigt sich). Ihr werdet es bald selbst erfahren!

Haller. Was werde ich erfahren? Ich will es wissen oder Deine „Buona mano", so wahr ich Heinrich heiße —

— — — —

Giuseppino. Und so wahr ich Giuseppino Fontana heiße, ich glaube, Ihr kenn't den „Schuster von Jerusalem" nicht?

Haller. „Den ewigen Juden"? (Lacht). Ha! Ihr abergläubigen Italiener. Sein Bild hab' ich wohl in Mailand gesehen. Also hier haus't er, der „Giudeo Errante"?

Giuseppino (geheimnißvoll). Ja, drüben unter dem Matterberg im Zermatt liegt eine Stadt begraben, denn dort ist er gegangen und hat gesagt: „Komm' ich wieder, so werden, wo Häuser und Gassen sind, Bäume wachsen und Steine liegen und zum dritten Male Eis= und Schneefelder." Stundenweit müssen sie jetzt gehen um nur einen Besen zu binden. Herr

1*

— und der ist nicht blos hier, überall ist er und nirgends: Auf der Grimsel, zu Bern und dann wieder im Welschland'!

Haller. Ist das Alles, Du Memme?

Giuseppino. Nun denn, wenn Ihr es wissen wollet: Auch Räuber giebt es dort oben; dort, gerade neben dem Griesgletscher.

Haller. Räuber? Davon hab' ich noch nichts gehört.

Giuseppino (wichtig). Will's gerne glauben Herr! Aber es ist doch so. Räuber und Mörder! Erst vor drei Wochen haben sie einen Viehhändler aus Guttannen beraubt und in die Spalten des Gletschers oder der „Bettelmatt" neben dem Blauberg' geworfen.

Haller (lachend). Nicht möglich! Was wäre das?

Giuseppino (zögernd). Sie sagen — von drüben kommen die — von — Bern.

Haller (eindringlich). Wer von drüben? Räuber von Bern?

Giuseppino. Sie sagen, — — — — die Reformirten.

Haller (erstaunt). Die Reformirten? Und solche Dinge glaubt man bei Euch?

Giuseppino (zwischen Lachen und Weinen). Ja, unser hochwürdigster Herr Pfarrer hat es am Sonntag von der Kanzel gepredigt und ich habe es gut behalten: „Der goldene Bund" hat er gesagt, „der Borromäische zwischen dem Kanton Wallis oben und dem Bischofe von Basilea ist in diesem Jahre geschlossen worden. Ein wahres Heil ist er und ein Schutz gegen die lutherischen Räuber und die calvinischen Mörder und das letzte Mittel, um die römisch-katholische Kirche in der Schweiz zu halten.

Haller (erbost). Bursche! Seit 30 Jahren gäb's Frieden, wenn Euere Pfarrer nicht den Unfrieden predigten und den Streit, und das ist ein großes Unrecht.

Giuseppino (eifrig). Und der Pfarrer hat uns noch gesagt: „Der Friede wird immer gebrochen von den Ketzern. Bei Kappel sind sie geschlagen worden, aber bald darauf ist ein Anderer aufgestanden in Genf und hat gar den Dottore

Servet verbrannt, weil dieser gesagt hat es giebt keinen Gott". Und unser Pfarrer hat gemeint, das sei noch ein gutes Werk gewesen, denn der Papst hätte ihn gewiß auch verbrennen lassen. „Den Frieden stören die Reformirten. Warum haben sie sich getrennt?" ruft unser Pfarrer immer. „Man soll sie Alle verbrennen! Alle! Alle! Tutti quanti!"

Haller. Ich sage Dir, Euer Pfarrer ist im Unrecht, die Reformirten so zu verlästern.

Giuseppino (wüthend). Signore ich hab' es schon bemerkt: Ihr seid ein schlechter Christ, denn vor keinem Heiligenbilde hab't Ihr den Hut gezogen!

Haller (ruhig lächelnd). Weil ich ein Reformirter bin.

Giuseppino (springt entsetzt zur Seite und wirft ihm das Felleisen vor die Füße). Da hab't Ihr Lutheraner! Wenn ich das gewußt hätte, nicht einen Schritt wär' ich hinter dem Maulthier' hergegangen. Morgen geh' ich zur Beichte. Verzeih' mir's Gott! —

Haller. Du kannst gleich gehen, ich will dich nicht hindern.

Giuseppino (sieht, daß Haller ein Geldstück reicht). Grazie Signor! Mille grazie! (Mit Bücklingen das Geld küssend.) Ein Thaler! O!

Haller. Ja, Bursche, ein Thaler! So thun die „Ketzer", die „Räuber", die „Mörder", kennst Du sie jetzt!? Sage das Deinem Pfarrer und dann mag er sich erinnern, daß in ganz Italien kein Bandit wohnt, der nicht vor jedem Heiligenbilde den Hut abnähme und ein Ave betete, ehe er die Leute beraubt und umbringt. (Steigt allein links aufwärts mit Mantel und Felleisen.)

Giuseppino (unschlüßig). Ein „Ketzer" ist er? Ich hab' nie zuvor einen gesehen. Wenn sie alle so aussehen? Geh', Giuseppino! Niemand sieht dich, (schreit) Abdio! — Er hört nicht! Jetzt hab' ich einmal das Ketzergeld genommen; der Sündenthaler der brennt gar nicht in der Tasche! Wer weiß, ob Räuber dort sind, wenn die Reformirten so aussehen, wie andere Menschen? (Schreit) Buon' viaggio, Signore!

Haller (hoch oben von einem Vorsprung). Geh' nur heim! Der Sack ist nicht schwer.

Giuseppino (reißt den Hut vom Kopfe und schreit seinen Groll hinein). San Girolamo! Santa Catterina! San Benedetto! San Giovanni Battista! Sant' Agnese! War ich ein Maulthier! War ich ein Dummkopf! (Stampft mit dem Fuße). Der schönste Lohn entgangen: Was brauche ich auch Alles zu glauben, was jeder wilde Kapuziner im Bettelsack über die Berge bringt? Dem Herrn wär' ich nachgelaufen bis nach Deutschland. Ja, Herr Pfarrer, ein Reformirter wär' ich geworden, statt Pollenta und Reis zu kauen und zu hungern. Niemand hätt' es gewußt; aber reich wäre ich und ein freier Hofherr dazu! (Geht langsam nach rechts ab.)
(Der Heiny tritt ihm entgegen.)

4. Scene.

Giuseppino, Heiny später Haller.

Giuseppino. O! Heilige Madonna! (Bekreuzigt sich.)

Heiny (trägt breiten Hut mit Geierfeder, langen weißen Bart, Wams aus Leder, Tasche aus Murmelthierfell an gelben Riemen, weite Pumphosen, Halbstrümpfe, geflickte Schuhe, langen Stock). Grüß Gott! Woher? Schon vom Gries?

Giuseppino. Wohin so spät?

Heiny. Zum Gries! Und Du, hast getragen? Für Wen? Einen Fremden?

Giuseppino. Hab' genug davon. Der Herr steigt allein auf. Ich will nicht in's Wallis.

Heiny. Bist wohl frech gewesen, Bengel? So? Wie weit ist er voraus?

Giuseppino. Nicht dreitausend Schritte.

Heiny. Da giebt's für mich zu tragen!

Giuseppino. Zu tra — gen? Der trägt selber; der will tragen

Heiny. Kenne die Ausreden schon! Gejagt hat er Dich; Dein Bruder mit den Maulthieren hat mir's verrathen.

Giuseppino. Zu tragen?

Heiny. Na, was hast Du denn früher gethan, Du Schaf? Wird ihm wohl bald zu schwer werden. (Schiebt sich rasch mit beiden Armen an dem Stocke aufwärts.)

Giuseppino (mit offenem Munde nachschauend). Jetzt soll ein Anderer verdienen, was ich versäume? Geflucht hab' ich. Was soll ich in der Beichte sagen? (Weint.) Ich möcht ihm nach, Hu! Hu! Warum hab' ich vor Dem das Kreuz machen müssen? — Hu! Die geflickten Schuhe und der lange Bart, der hohe Stab: Der „Schuster von Jerusalem" war es, kein Anderer. Oder? Oder? — — — Ein Räuber. Er will ihn tödten! Ich muß ihn warnen. Ich laufe und verdien' mir ein Stück Geld! (Schreit.) Eh, Signore!

Hallers Stimme (von oben). Noch da Giuseppino? He! Ich hab den Weg verloren.

Giuseppino. Hier der Thaler, Herr! Nehmt ihn zurück! Ich trage Alles bis in's Bernische. Ich fürchte mich nicht mehr vor den Lutheranern.

Haller (steigt nach abwärts). Geh' nach Haus und beichte dem Pfarrer Deine Sünden!

Giuseppino (über Wurzeln und Felsstücke gerade aufwärts kletternd, um einen Vorsprung zu gewinnen). Nur ein Wort Herr! (Zeigt auf den Alten.) Der dort ist verdächtig. Er will mit Euch auf den Gries. Wisset Ihr noch, was ich Euch gesagt habe?

Haller (wendet sich rasch und erblickt den Heiny). Leibhaftig der „Giudeo Errante" von Mailand!

Giuseppino (hebt die Hände flehend). Nehmt mich!

Haller. Nein! (Bei sich.) Ueber die Einsamkeit des Gebirges, ferne jeder menschlichen Wohnung, breitet die sinkende Nacht bald ihre Flügel aus. Soll ich dem Burschen erlauben, mir zu folgen und zugestehen, daß ich an seine Spuckgeschichten glaube? Nimmermehr! Keine Muthlosigkeit! Geldgier treibt mir Beide nach. Ich bin ein Schweizer; wie soll ich mich von weibischer Furcht vor Unbekanntem bethören lassen? Besser so, als ganz allein; „den schreckt der Berg nicht, der darauf geboren"! Das war meiner Mutter Spruch. Dem will ich treu bleiben. (Laut.) Nein Giuseppino: Ich werde mit **diesem Manne** über den Gries gehen!

Heiny (tritt keuchend zu ihnen und lüftet den Hut). Was will der Laffe hier? Ich glaub' es zu errathen, was er spricht: Keiner gönnt mir's.

Haller (giebt Giuseppino noch ein Geldstück). Nichts, Giu= seppino! Geh', da ist noch ein Zehrpfennig für die Nacht im Dorfe. Das Uebrige gehört Dir.

Giuseppino (ohne zu danken). Ich schwör's bei allen Heiligen, das soll weder das Dorf, noch mein Bruder, am allerwenigsten der Pfarrer erfahren. Im Wallis sei ich ge= wesen, will ich sagen und indessen? — Ich hab' ja Geld — — — Aber dunkel wird's! Giuseppino, Du bist ein Dumm= kopf! (Läuft.) Säumer wirst Du und reich mußt Du werden im Bernerlande!

(Ab.)

5. Scene.

Haller, Heiny.

Haller (betrachtet den Alten, den Dolch anfassend). Nun?

Heiny (nimmt ihm das Felleisen ab). Die Landschaft wird hier unwirthlich, Herr! Die letzten Schatten kriechen herauf. Wir sind dem Gries ganz nahe. Nur eine Thalstufe trennt uns mehr. Die ist noch wüster, als diese. Was dort auf= blitzt wie ein Silberstreif, das ist der Tosafall.

Haller (überrascht). Der Fall der Toccia?!

Heiny (tritt an einen Felsvorsprung und deutet hinüber). Seh't, wie der breite Wildstrom in drei Absätzen hinabgleitet über die Felswand, viele hundert Fuß, wie der Schaum auf= wirbelt, wie es an den Steinen rüttelt, den Fels durchbrechen will, in ohnmächtiger Anstrengung in einem Augenblicke zu vernichten, was die Jahrtausende gebildet haben: So ist auch die Thorheit des Menschen! Da rieselt sie herab die vorschnelle Fluth und zerstäubt; der Wildstrom schnellt über die Kante hinaus, ein Segen der Landschaft; hoch oben, klein wie ein Kieselstein, die Kapelle „Sulla Frua." Dort leuchten silberne

Herzen vom einfachen Altare, hängen Votivbilder, kleine Holz=
krücken, Alles bei offener Thür!

Haller. Und hier sollten Räuber sein?

Heiny (ihn fest anblickend). Wer hat Euch das vorge=
logen? Gewiß der Bursche dort unten, der es bald bereuen
wird; ich hab' es wohl gesehen, daß er mir vorlief, um mich
zu verleumden.

Haller (lachend). Ja, eines Ketzers Geld wollt' er nicht
annehmen.

Heiny. Hat es aber doch gethan! Eines Ketzers
Geld? Da war wohl das Eu're gemeint, Herr? — — —

Haller. Das meine. Ihr seid katholisch?

Heiny. Ich bin reformirt.

Haller. Woher?

Heiny. Aus Uri.

Haller. Aus Uri und reformirt? Desto besser! Ich
bin froh einen Glaubensgenossen gefunden zu haben. Spricht
es sich doch viel leichter über dies' und das. — (Es dämmert.)

Heiny. Ja, ja! Aber, wo werden wir die Nacht über
bleiben? Der Tag geht zu Ende. —

Haller. Die Nacht? Bis in's Thal ist nichts als eine
Höhle, höre ich.

Heiny (weist auf die Heuhütte.) Und eine Hütte; dort ist sie.
(Sie treten ein und Heiny bereitet zwei Heulager, eins links, das
andere rechts. Sie legen sich, es dunkelt.)

6. Scene.
(Nacht, nahender Sturm.)
Die Vorigen.

Haller (erhebt sich und tritt aus der Hütte). Draußen brüllt
die Fluth rastlos durch die Nacht und wirbelt Schaummaßen
empor. Der Fels bebt wie unter dem Tritte der zürnenden
Gottheit; der Wind stöhnt in den Balken dieser Hütte. Ich
kann nicht schlafen; mir ist, als drohte Gefahr. Der schläft
fest; — — nein, er bewegt sich doch oder täusche ich mich?

Heiny (den Kopf erhebend). Ihr schlafet nicht?

Haller. Nein, ich bin zu müde.

Heiny (tritt heraus). Dann höret mich, Herr: Ich will Euch sagen, was ich für morgen behalten hätte. Ihr findet doch keinen Schlaf und ich weiß auch warum: Euch quält die Angst; Ihr seid noch im Zweifel. Doch, Ihr habt Unrecht. Sehet Ihr nicht, daß ich kein Verbrecher bin?

Haller (schüttelt den Kopf und hebt die Hand). Wohin denket Ihr?

Heiny. Ihr habt es vermuthet. Doch ich bin kein Schelm von der Landstraße: Ich bin aus gutem Geschlechte, aber ein Unglücklicher, ein Verlassener, den Jeder fürchtet, Keiner duldet. Räuber aber suchet am Comer=See. Dorthin haben sie den Bündnern zu Hülfe an fünftausend Mann geschickt. Jetzt wollen sie doch mit Savoyen Frieden machen, heißt es: Hans Escher und Niklas Manuel sind nach Chambery geschickt worden.

Haller. Daß Ihr solche Dinge wisset! Ob sie auch richtig sind?

Heiny. Was fraget Ihr mich? Das müßt Ihr besser verstehen. Seid Ihr doch selbst ein Berner.

Haller. Geh't Ihr nach Uri? Wie heißt Euer Heimath=Ort?

Heiny (erregt). Ich habe keinen: Unstät, heimathlos irre ich in der Welt herum, ein Ausgewiesener, ein Gebrandmarkter; der Mensch muß einen Fleck Erde haben, wo er daheim ist auf eigenem Grunde. Ich habe keine solche Stelle. Ich werde auf der Straße sterben! Wo sie mich nicht kennen da heiß' ich: „Der Schuster von Jerusalem"!

Haller (schaudernd). Ihr!

Heiny. Ja, ich diene der Welt zum Gespötte; ich hungere und irre, Almosen suchend.

Haller. Hab't Ihr keine Freunde, keine Vettern?

Heiny. Da und dort! Mein Weib ist todt, mein Kind hat mich verlassen. Ich schwör's, nicht einmal bin ich über den Gries oder Nufenen gelaufen und durch Schnee und Eis zur Grimsel hinaufgestiegen; dort schafft mein Breneli. Sie ist gar eine Stolze; nicht einmal am Wirthstisch hat sie ein gutes Wort für mich. Sie ist bald mehr des Spittelwirths Tochter und bleibt den Winter über im Unterhasli. Nur ein=mal hab' ich mich gefreut in zehn Jahren: Es war schon Winter und der Knecht war allein; da bin ich vom See her=gekommen, hungrig und erfroren. Da ist er gekommen und hat mich geküßt und gesagt: „Gott sei Dank! Seit Wochen wieder ein Mensch"! Käs und Wein hat er mir gegeben. O, da ist mir wieder so wohl geworden! Aber, er hat ja nicht gewußt, daß ich der Heiny bin; — im Sommer hat er es dann gemacht wie die Anderen.

(Nach einer Pause).

Es heißt, er soll wiederkommen, der ewige Jude und die Grimsel aufsuchen und nichts finden als Eis und Schnee. O, wär' ich der! Hat er doch S e g e n gebracht in ein Haus, wo sie ihm O b d a c h gegeben. Aber mir fluchen sie und da ist mir's selber, als wär' ich der Ahasver und müßt' Ver=derben aussäen, wo mein Fuß hintritt: Ich hasse die Men=schen, sie haben mich um Alles gebracht!!

Haller. Wie haben sie das?
(Sie legen sich in's Heu.)

Heiny. Der Schlaf ist fort; so höret: Hab't Ihr den einfachen D e n k s t e i n gesehen in F r u t t w a l d? (Haller schüt=telt den Kopf.) Nicht? Er bedeutet, daß ein Unglück geschehen ist: Dort ist Einer hinabgefahren über den Tosafall und ist auf einem Baume gelegen und ist lebendig angekommen. „Das hat die „Mutter Gottes gemacht", erzählen die Walliser. Aber mir ist ein Unglück geschehen, daß a l l e K r e u z e u n d D e n k s t e i n e d e r g a n z e n W e l t mich mit dem H i m m e l nicht versöhnen werden. Der arme Heiny!

Haller (dessen Kopf auf die Brust sinkt). So hieß ich als Knabe — — — — jetzt — — heiß ich Heinrich.
(Haller schläft ein.)

Heiny (ihn betrachtend). Ich trag' es nimmer! Ich mag es ihm nicht sagen, aber ich nehm' mir von seinem Brot. Soll ich ihn wecken? (Horcht auf seinen Athem.) Er schläft tief. Dort ist das Felleisen. Oh, ein Stück Brot nur! (Schnürt den Sack auf und greift hinein.)

Haller (springt auf und zückt den Dolch). Was woll't Ihr, Lügner, Räuber?

Heiny (ruhig den Kopf wendend). Euer Geld will ich nicht! Für so thöricht halte ich Euch nicht, daß Ihr die Thaler in die Ecke werfet. Mich hungert! Ein Stück Brot, ein kleines Stück nur!

Haller (läßt den Dolch fallen und ergreift Heiny's Hand). Eure Stimme zittert? Verzeih't. Ich habe bös geträumt.

Heiny (traurig). Entweder wird man für e h r l i ch gehalten oder n i cht. T r ä u m e sind G e d a n k e n vom Tage. Wer mißtraut, bleibt dabei. Ich weiß, mein Gewand redet l a u t e r, als ich. Aber, wüßtet Ihr, warum ich armer Mann herumirre, ohne Obdach, ohne Brot, Ihr müßtet weinen!

Haller. So erzählet doch!

(Der Mond geht auf.)

Heiny. Ich war einmal römisch=katholisch. Jene Mön ch e von D i s e n t i s haben mich vertrieben aus meines Vaters Anwesen, aus meinem Glücke, aus meiner Liebe! Zerrissen haben sie das Band von Mann und Weib und Kind (erhebt die Faust). Dieser Mond bescheint das Kloster, wo sie die Verbrechen großziehen, wo sie mich verjagt haben wie einen Hund um des neuen Glaubenswillen, denn sie haben es gewußt, ich sei zu arm heimzukehren in den Kanton. Hab' lange den Säumer gemacht, oft über den Sankt Bernhard=Paß: Dort oben machen sie keinen Unterschied. Das sind ächte Christen; 40 Wochen im Jahre wagen sie ihr Leben. Den Probst B e n e - dictus de Foresta lob' ich und seinen Stellvertreter R e n a t u s Tollein, ächte Priester! Aber die von D i s e n t i s und E i n s i e d e l n füllen nur die Bäuche und singen die Vesper im Rausche: Darum haben sie auf der G r i m s e l die Mönche vertrieben, weil sie D i s e n t i s e r waren und einen S p i t t e l = w i r t h hingesetzt. Was hat es dem Abt Christian von Castel= berg genützt, daß er sich mit Borromäus verbunden? Von J l a n z bis F l i m s, in Versam und K a l e n d a s sind sie reformirt geblieben. Diesen Stolzen hat der Kaiser vor 16 Jahren zum Fürsten des Reiches gemacht für die Verfolgung und dieser Teufel prägt sein Bild auf die Münzen, die er aus dem Blute der Armen erpreßt. Soll ich Euch erzählen, wie sie es machen, wenn sie denken, es könnte Einer hinneigen zur neuen Lehre? — — — —

Haller (nickt).

Heiny (tiefen Athem holend). Ich habe Euch schon gesagt, daß ich lange den Säumer gemacht habe und ein gutes Stück Geld habe ich verdient. Oft bin ich mit dem Veltliner-Fäßli über den Berg geschlittet; lang' hab' ich auch über die Furka gesäumt. Oft bin ich oben gestanden, das nadelspitze Weißhorn vor mir und hab' nicht glauben wollen, daß die Welt so schön sei auch für die schlechten Menschen! Meines Vaters Hütte hab' ich ausgebessert. Mein Gras ist wie Pelz gestanden, meine Kühe waren fett. —

— Dicht neben uns hat der Kaplan gewohnt, den der päpstliche Legat der Gemeinde geschickt hat, unter Aufsicht von Disentis.

Das Kirchlein war unabhängig geworden nach langem Streite zwischen der Ursener-Pfarre und den Bergleuten und da hat ein Schiedsgericht geurtheilt: „Die Realper dürfen einen Kaplan halten, denselben bewidmen und behausen."

Das war mein Unglück, denn der Kaplan pflegte der Reisenden Leib als Wirth. Und damals führte ich im März ein Mädchen heim, ein frommes sanftes Kind aus Urseren, eines Wirthes Tochter. Ich hab' sie geliebt und sie mich auch. Die Hitze war so groß vom Feber bis zum Christmonat, daß es nicht mehr zu tragen war. Kein Tropfen Regen: Durch den Rhodan gingen wir zu Fuß, das Schneewasser holten wir drei Stunden weit und darauf kam der strenge Winter.

Wir Realper waren im Sommer alle reich und im Winter arm an Holz. Sträucher und Krüppelholz deckt den Schnee. Und im Glück der Liebe hab' ich auf's Sammeln vergessen.

(Athmet tief auf.)

Zwischen Realp und Hospenthal, da giebt's einen Wald, der ist in Bann geschlagen, er soll die Saumstraße schützen vor Lauinen.

Und, wie der December da war und mein Weib in die Wochen kommen sollt', da gab es Nichts zum Brennen im Hause; Nichts war auszugraben im tiefen Schnee.

Drüben der hochstämmige Bannwald wie ein böser Geist, ein Verführer, als wollt' er sagen: „Ich hab' Holz genug!"

Hier der Jammer: Das Würmchen schrie vor Kälte. Die Wöchnerin schwieg und die Vögel kamen um Brot an die Fenster. Der Kaplan gab ihnen, gab Allen, nur mir hat er kein Holz verkauft, nicht um schweres Geld!

Da hab, ich an eine Wirthschaft für Säumer gedacht. Sie sollten's mit Holz zahlen. Aber es kam keiner und der Kaplan verbot mir zu schänken. Herr, was hättet Ihr gethan? Der Bannwald! dachte ich. Ich hab's gewußt; es ist der Tod darauf. — — Erst dachte ich: Nimm, was die Ziegen abfressen, Unterholz. Aber das praßelte nur auf und jede Nacht mußte ich hinaus und da wurde ich krank. — — —

Mein Weib allein hat es gewußt und hat gesagt: „Wir wollen's tragen, Heiny, thu's nimmer: Es ist der Tod darauf."

Und ich hab' gesagt: G'macht ist gethan, dann sind wir gerettet; ein Stamm muß her.

Sie hat das Kind angeschaut und geschwiegen. Ich bin hinaus, krank und schwach, die Hacke unter dem Rock. Jeder Hieb war ein Seufzer, jeder Ast ein Jahr meines Lebens; aber ich hab's gethan Herr! Wer einmal Weib und Kind gehabt hat, der versteht mich.

Und es ist gegangen. Keiner hat's gesehen und wir sind Alle gesund geworden!

Dann, um Mitte Januar, war das Holz wieder zu Ende. Und wieder hat sie das Kind an die Brust gelegt und ihre hellen Thränen sind auf die rothen Bäcklein des Kleinen gefallen, aber doch hat sie gesagt: „Es hat schon warm, Heiny, bei mir. Thu's nicht, es ist der Tod darauf!"

— Und wieder hab' ich gesagt: G'macht ist gethan. Reden wir nicht viel, denn es ist einmal geschehen und es wird wieder gehen. — „Heiny! Es ist eine Todsünde! Wir wollen lieber frieren" hat die Bleiche. Aber das schnitt mir in's Herz tief hinein!

— Der Herrgott ist noch nicht gestorben darüber, hab' ich gesagt. Andere thun es auch.

— „Um Himmelswillen, Heiny, was treibst Du?"

— Aber, ich war schon wieder draußen, die Axt versteckt, Nachts elf Uhr im dichten Schneetreiben: Keiner hat mich gesehen. So war's.

— Und eines Tages im März, da war das Kind so krank. Da hat sie es selbst nicht getragen: „Heiny, schaff' Holz, nur einmal noch!" hat sie gesagt und nicht mehr: „Es ist der Tod darauf." Denn der stand dem Kind auf die Wangen geschrieben und sie hätt' es nicht ertragen, das Wort auszusprechen.

— Kein Feuer mehr! Der Schnee wehte fürchterlich! Nur der Bannwald winkte herüber, schwarz wie ein Köhlerhaufen. O, nur eine Tanne! Wär' nur der Föhn da! —

— Da stand der Kaplan an seinem Fenster und schaute herüber, gerade nach meinem Weib hin. (Athmet auf und fährt mit wilder Gebärde fort:) — Da ist der Groll in mir gestiegen und gedacht hab' ich: Du Hund! Dir vergelt' ich's und bin zurückgegangen in die kalte Stube und hab' mein Bett zerschlagen und in den Ofen gestoßen. Und das Praßeln war wie Hohnlachen.

— Der Kaplan! Angesehen habe ich's dem Aufpaßer, daß er Alles gewußt hat. — Er schweigt, dachte ich! — Drei Nächte später hat es mich vom Stroh getrieben: Ich geh'! Kost's was es wolle!

— Weit und breit keine Seele. Ich such' zwischen den Stämmen. Einen kleinen Baum nur. Ohne Lärm ist er gefallen. Ich hab' ihn geschleift drei Stunden lang im Schweiß, in Stücke geschlagen und verborgen. Am Morgen hat es über meine Fußstapfen geschneit. Jetzt war ich sicher: Ja, Wer wagt, gewinnt!

— Doch vor Mittag hat's geklopft und ist der Kaplan gekommen und hat das Kind angeschaut und auf das Weib

gelacht; sie hat die Augen gesenkt nnd dann hat er mich
finster angeblickt und gefragt: Heiny! Es brennt lustig
bei euch? Woher hab't Ihr das schöne Holz? Von
Urseren ist doch kein Säumerzug gekommen; sie
kehren alle bei mir ein. — Das war ein Spott!

— Und ich hab' gesagt: Von Welschland über Hospenthal auch nicht? Mein Bett ist's. Und gedacht hab' ich: Die
Wirthschaft nimmt er mir, kein Holz gibt er und mein Weib
hat er lieb und der Zorn hat mich gefaßt. — „Das ist kein
Holz von drüben und jetzt geht nichts über den Gotthard!“
hat er gesagt und den Finger gehoben: Heiny! Heiny!
Das Holz ist aus dem Bannwald! — — — —

(Schreit auf:)

— Er hat nicht Weib und Kind gehabt. Gott verzeih' ihm!
— Mein Weib hat schreien müssen: „Es ist der Tod darauf!“ Und das Kind ist aufgewacht und hat geweint.

Ein Stamm war's; es ist der Tod darauf hat er
finster gerufen. Ich hab' Euch dort gesehen, Heiny, Gnad'
Euch Gott!

Dann ist er gegangen.

Ich ihm nach; — niederschlagen hab' ich ihn wollen,
Mein Weib hat mich gehalten. —

Dann ist er gegangen g'rad gegen Urseren, mich anzuzeigen; ich hab's gewußt, mich anzuzeigen, ist er gegangen,
dann war er allein Wirth und dann (düster) war auch mein
— junges Weib — allein! — Und ich hab's gewußt,
für Solches giebt es kein Gericht mehr. Ich habe gesagt: „Gehen wir“, und die Faust gemacht vor dem Kreuz!
Wohin? „Heiny was thust?“ hat sie gefragt. In's Wallis?
Alles ist aus! hab' ich geantwortet. „In's Wallis? Wohin
denkst du? Das kranke Kind. Es stirbt am Weg'.“ — Aber,
ich hab' Alles gerichtet, Wein, Brot und Käs'. Es waren ja
nur drei Stunden bis auf die Höh'! — — — Und wir — sind
im Sturm gegangen und im tiefen Schnee — bis sie schwach
hingefallen ist: Sie hat nicht mehr gesprochen. Ich hab' sie
getragen bis Gestelen. — Der Wirthin hab' ich das Breneli
gelassen. Ich bin geflohen bis Frankreich. Jetzt wißt Ihr

Alles. In Uri war ich verurtheilt, auf jedem Pfad Verfolger; ich hab's in Gestelen in der Schänke erlauscht. Sie wissen es, daß ich in der Wuth die Faust gemacht hab' dem Gekreuzigten.

Seit jener Zeit bin ich flüchtig, wie ein gehetzter Hirsch. Vogelfrei bin ich — Keiner labt mich! (verbirgt seine Hände.)

Haller (legt seine Rechte auf Heiny's Schulter). Wie hab' ich Euch Unrecht gethan! Jetzt aber seid Ihr frei?

Heiny. Woher wißt Ihr das?

Haller. Ich denke. Wie könntet Ihr sonst in's Wallis?

Heiny. Ich hab's vergessen, zu sagen: Ein edler Berner-Herr ist gerade nach Sitten gekommen und hat die Geschichte gehört, der hat mich im Wallis gefunden; ich hab' ihm Alles gesagt, wie es war. Da ist er für mich nach Urseren gegangen und zurück bis Altorf und hat mir ein Wort gesprochen bei seinen Freunden. Er hat mich vom Tode gerettet. — Könnt' ich's vergelten an seinen Kindern und Kindeskindern!

Haller. Wie hieß er?

Heiny. Seinen Namen hab' ich nicht erfahren. Er hat ihn verschwiegen. (Setzt sich in Bewegung. Schellen ertönen.)

7. Scene.
(Morgengrauen.)
Die Vorigen, ein Säumer aus Italien.

Säumer. Grüß' Gott, Heiny! Dem Herren da ein Sattelthier, das wär' mir recht. Thu' es ihm zu Liebe. Vom Giuseppino Fontana einen Gruß. Er weint um Euch!

Haller (vorangehend). Dank' Euch. Ich will zu Fuß weitergehen. (Erreicht die Höhe langsam.)

Säumer (leise zum Heiny). Das haben wir schon in Domo gesehen: In seinem Ranzen steckt viel Geld und ein Spion der Berner ist er, sagen sie. Aufgeschrieben hat er Alles gegen die Savoyer und Franzosen. Das wäre ein Geschäft! Ganz unbekannt soll er sein. Da, schlag' ein! Zwischen den Rosensträuchen von Altstaffel kannst Du lang' suchen; — sind sie doch roth wie Blut. Wir sind drei. Dort kommt noch Einer. Eh' die Sonne uns sieht, ist er im Glet=

scher. — Niemand weiß von ihm. Du fliehst in's Welsche,
wir über San Giacomo in's Teßin. Wir säumen zum Schein
ein Jahr lang und verschwinden. Bis dahin ist Alles vergessen.
Der Gries schweigt!

Haller (von oben). Die Sonne geht auf. Ich sehe
Wallis!

Heiny (nacheilend). Das sind die Berner! Das breite
das Jungfrau-Horn, das hohe in den Wolken mit der Spitze
wie ein Kirchthurm, das Finstere-Aar-Horn, dann der ver-
zauberte Mönch, der Eiger, die Wetterhörner!

Haller. Wie eine Krone von reinem Silber ragen
die Zinken und Zacken hinauf. Herrlich! Wie schön, ein
Schweizer zu sein!

Heiny (finster). Wenn er die Heimath nicht flieht, kein
Reisläufer, kein Säumer und — kein Verfolgter ist.

Haller. Alpenrosen! Wer die im Juli sehen könnte,
blutroth in Blüthen! O Heimatland!

Säumer (macht dem Heiny Zeichen). Nun! Was ist's?

Heiny (leise). Bleib' zurück, Versucher! Ich geh' voran.
Ich bin der Führer. Ich thu's nicht und hätt' er tausend
Dukaten. Er ist ein guter Mensch. — Ich thu's nicht!

(Der Vorhang fällt.)
Ende des I. Aktes.

II. Akt.

(Altes Grimselhospiz, links Seeufer mit Felsblöcken. Die Hütte hat eine Holzgallerie. Oben eine Thür, unten eine zweite Thür, welche zum Vorplatze führt, auf welchem ein langer Tisch und Bänke stehen.)

1. Scene.
Haller, Heiny.

Haller. Tief unter uns lag ja das Hospital; sind wir schon im Grimselgrund? Die Hütte dort? Wo die Seen?

Heiny. Ja Herr! Das ist das Hospiz.

Haller. Die zwei Seen leuchteten hinauf wie dunkle, sinnige Mädchenaugen. Auf der anderen Seite spannte sich die wüste Fläche aus, die, umschlossen von senkrechten Wänden, sich dehnt bis zum ewigen Eise! Wie ein Fluch lastet auf dieser Gegend. Hier stirbt alles Leben!

Heiny. Hier soll's ja gewesen sein, wo der Schuster von Jerusalem seinen Schuh verloren hat, gerad' hier.

Haller (zieht einen Beutel mit Goldstücken). Unser Ziel ist erreicht! Seh't Ihr die hellen Genueser durch das feine Leder? Das soll Euer sein, wenn Ihr mir folget. Ich will Euch glücklich machen in Bern, Alter!

Heiny (befühlt den Beutel mit Goldstücken). Ja, wie ein zartgewebtes Kleid schmiegt es sich um die Glänzenden. Das Bäuchlein eines Klosterpriors ist ein Scherz dagegen. Doch, ich will Euer Geld nicht, Herr! Ich bleibe in den Bergen: Niemand soll sagen, der alte Heiny von Realp sei ein Herrendiener! — — Seh't, dort ist's Vreneli. — — —
(Hundegebell hinter der Scene.)

2. Scene.
Die Vorigen, Vreneli (in Bernertracht).

Vreneli (erscheint auf der Gallerie). He, daher! Toggeli! Mutz! Bär! (lockt die Hunde, wirft einen erstaunten Blick auf Haller.)

2*

Haller. Ist das das Vreneli? Euere Tochter?

Heiny (nickt). D i e ist's! — — — (bei sich.) Das Seewasser schießt unter dem Hause durch, als ob es nicht er= warten könnt', in die Aare zu kommen! — Ist so lange still gelegen! G'rad' wie die Weiber=Herzen: Keine Ruh' vertragen sie, immer müssen sie mit einem Anderen hinaus in die Welt, mit einem frischen Burschen vom Berge. Das ist ihre Lust. Hab's auch nicht vertragen, das Stillliegen! — Wie das Maidli ihn anschaut. — — —

3. Scene.

Die Vorigen, Zurtannen, zwei Knechte, drei Durchreisende, (ein Walliser, ein Berner und ein Schwabe), Vreneli.

1. Knecht (heraustretend, von den anderen gefolgt). Hoho! Der alte Heiny wieder einmal! Setz' dich Alter und laß't was b'raufgehen. Bist ja so der g o t t v e r d a m m t e e w i g e Jud'! Morgen also ist Alles Eis und Wüstenei? D'rum wollen wir heute noch l e b e n und t r i n k e n! Zahl' uns Was! (Sie setzen sich.) No! No! Nicht so mürrisch! Was ist Dir über's Leberl gelaufen?

Walliser (schaut Heiny's Schuhe an). Deinen Stecken und Deine Schuh' hab' ich in Bern gesehen: Groß sind sie und grob ist der Stock; d i e aber sind noch seltsamer, als die in Bern.

Heiny (setzt sich nieder). Für den Herrn 's Stübli! Ver= standen?

1. Knecht (zu Haller) Steiget nur hinauf, Herr! Der Wirth ist im Hasli, 's Vreneli ist oben. Will's der Herr, so ruf' ich es: Sie putzt sich für den vornehmen Besuch, die eitle Dirn! (Zu Heiny.) He, Herr Vater, warum so düster?

Zurtannen. Er hat heute sein scharfes Gesicht!
(Alle lachen.)

2. Knecht. Hat Galle gefressen? (Vreneli erscheint unten mit einer Schüssel.)

Haller (wendet keinen Blick von ihr), (bei sich:) Diese Augen gleichen den zwei Seen! O, milder Gruß an s o l c h e r Stelle!
(Spricht mit ihr leise.)

1. Knecht (zum Reisenden). Du, Walliser, hast's schon im Kopf? Wenn Du nur heim kommst ohne — (macht das Kollern über Felsen nach). . . . .

Walliser. In's glücklichste Thal kommt man nie früh genug! Dort giebt es Wild und alle Arten von Feld=früchten und Obst und biedere Leute, das ist mein Wallis!

Zurtannen. Und auch Schlechte giebt's dort.

Berner (lallend). Dös isch a guetter!

Zurtannen. Du bist ja wie die Fliegen im Winter=schlaf', Berner, wenn die Märzensonne brennt. Wachst endlich auf, Schlafmütz'?

Berner. Dem geh' ich nach! (Langt in die Schüssel.)

Zurtannen. Nach Welschland? Der Berner geht dem Walliser nach. Die Welt steht nimmer lang'!

Berner. Allwäg, auf Mailand zu. Das hab' ich im Sinn'!

Walliser (Berner Dialect nachahmend zu Vreneli). Ja frili, Dirn, spielst Versteckens? 's Handeli ga dem Herre da!

2. Knecht (stößt ihn in die Seite). Das kümmert mich! Er muß hier nächtigen. Jetzt essen, dann reden! (Steht auf, bei sich.) Der Teufel hat Den hergebracht; verdreht meinem Schätzli den Kopf. Er soll's büßen! Ich gönn' ih'ms nicht, das Maidli!

Vreneli (nimmt Hallers Mantel). Wollet Ihr das Stübli?

Haller (laut). Wenn so kirschrothe Lippen mich einladen, wie soll ich nicht das Dach segnen, und meinen Aus= und Eingang? (Lispelt mit ihr.)

1. Knecht (mit vollem Munde). Ebe!

Walliser (schreit hinüber). Seid gewiß ein Prediger von „dene Reformirte."

Heiny. Nein! Ein Schweizer=Handelsmann ist der Herr, aus Mailand gekommen.

1. Knecht (zum Berner). Eine Tasche voll Steine fürchten die Welschen mehr, als das Feuer! Wohin gehst?

Walliser (zum Berner). Wohin gehst? Was bist?

Berner. Bäcker bin ich!

Alle. Lehmschütz!

Berner. Jerusalem! So will's der Zunftspruch zur Antwort haben.

1. Knecht. Sollt' eher der für die Schuster sein. Aber, jetzt fehlen die auch nicht mehr bei uns.

Heiny. Wo denn?

1. Knecht (lachend). Da! Wo du sitzest, g'rad an dem selbigen Fleck sitzt der von Jerusalem. Der alte Heiny, der ewige Jud' muß sich die Schuh' flicken. Er braucht viele. Aber ein Meisterstück sind sie, von hundert Kletzen gehalten. (Schaut unter den Tisch.) (Schwabe tritt auf.)

Berner (zum Schwaben). Und Du? Was bist?

Schwabe. Ich bin a Schlosser: Alles was Uhr-, Spur- und Winden-Macher is', setzt sich zu mir. Ich bin a Schwob! — — —

Berner. Hab's g'merkt! Nei! Nei! Zu 'neme Schwabe, da setz' ich mich nüt.

Walliser (zum Schwaben). Seit wann bist auf der Walz?

Schwabe. Etliche Jahr'! Aber schau' mir nur das Mädel an. Ist das die „Krone" von der Wirthschaft? Die gefällt mir! (Zeigt auf das Vreneli, die noch immer leise mit Haller spricht.)

1. Knecht. Die Dirn' ist es, Dummkopf! Ein fetter Bissen; was denkst Du? Die Frau ist sie nicht, vielleicht wird sie's einmal: Dem „Spittler" gefällt sie wohl. (Mit einem Blicke auf den 2. Knecht.) Da kann Der das Licht halten zum Segen, wenn's Wittiber=Jahr um ist.

2. Knecht (aufbrausend). Schweig! Wenn sie's hört. Ich will's nicht!

Schwabe. Ihr wißt es ja, die Weiber müssen überall b'rein reden und haben immer Recht. Die lassen Einem keine Ruh'. So ist's auf der Welt! Nur keine Weiber!

1. Knecht (legt ihm die Hand auf die Schulter). Was ein ächter Schwyzer ist, mein Schwob, der laßt den Wibern kei Ruh! Gott, wär' i Landvogt, thät' i Bure strofe und bei die schönste Meidli schlo — — —

Heiny (legt die Hand auf seinen Mund). Trink! Red' kein dummes Geschwätz!

Schwabe. Hörst es, Walliser? Hörst es? Ein dummes Geschwätz ist's.

Walliser. Im Schwabekrieg habt Ihr's um die Ohren kriegt! Oder war's besser?

Schwabe (laut). Im Schwabenkrieg haben unsere Bauern gerufen: „Vor Zeiten haben wir einen todten Schweizer mehr gefürchtet, als jetzt zehn Lebendige!" So haben sie gerufen!

1. Knecht (schreit). Johann Cloos, der „Tausendteufel", lebt noch: Hüt' Dich, Du Landstreicher!

Heiny (hebt die Arme, Ruhe gebietend). Still! Unsere heutigen Schweizer sind schlecht! Vor 100 Jahren waren sie noch streitbar und gefürchtet: Jetzt sind sie entzweit und nimmer geschätzt. Ihr Berner aber danket Gott, daß er Euch solche Vorfahren gab, und ahmet ihnen nach in der Sorgfalt für das Vaterland und Ihr Walliser denket, daß Eure Vorfahren ihr eigenes Vermögen dem Besten des Staates geweiht und benachbarte Grafschaften ausgekauft haben. Den wahren Geist der Republik hat Bern nicht und Wallis ist ein Schatten: Elende hungrige Zwingherren und Lehenträger sind sie geworden Alle, Alle und das Volk, — — das ist wie die Herren! (Er athmet tief auf.

1. Knecht (auflachend). Hast wieder Deinen närrischen Tag, ewiger Jud? Nur fehlt Dir der Groschen, den der Schuster immer in der Tasch' hat! Nid wahr Heiny?

Schwabe (hebt das Glas). Der „Heiny von Uri" soll leben!

(Alle lachen.)

Schwabe (fortfahrend). Ja, hab' sein Bild im Königsfeldner-Kloster gesehen: Der ist auch am Leben geblieben bei Sempach, und sein Herzog Leopold ist gefallen. Der war ein Narr wie Du! Nur besser, ein Hofnarr! Seine Landsleut' hat er gesehen und die Hofjunker haben zu ihm bei Sempach gesagt: Warum gehst nicht in den Wald und grüßest Deine Landslüt? Sie haben so ihr „Tagewerk" mit ihm getrieben. Der Narr aber lief bald nachher in den

Wald, hörte den „Schwur der vier Panner" und warnte seinen Herrn. Der Fürst war wild und ließ den Narren auf Sursee fertigen, daß er schweige. Und so blieb der Narr am Leben und der Herr fiel. So geht es in der Welt: Ein Narr kömmt weiter als ein Kluger.

Walliser (zu Heiny). Woher kommst, Schuster und Narr? Mir bist klüger, als Die!

Heiny (gutmüthig). Von Gletsch= und Mahenwand komm' ich!

Walliser (streitsüchtig). Dort gehen die Faulen; Schmugg= ler und Jäger kennen andere Weg', böse Steige. Es leben die Jäger, es leben die Schwärzer!

Heiny. Glaub's schon. Sitten heißt bei Euch die Stadt, aber Sitten hab't Ihr keine. Ihr hab't zu starken Zulauf von durstigen Brüdern, Herumläufern und liederlichen Weibern, das ist's!

Walliser (erbost). Darum bist Du so häufig im Wallis zu finden?

Heiny (unbeirrt). Ein gutes Geschäft in Eueren Wein= stuben. Euren Wein schenk' ich mir: Den rothen Sal= gescher vertrag ich nicht.

Walliser. Zu jung für Dich! Einer, der hundert Jahre zurückdenkt! Glaub' es wohl!

Berner. Und den Sittener mag ich nicht. Den „Clavo= dreben", den sie „Bourlefer" heißen, mag ich nicht! — —

Walliser (wild das Glas aufstoßend). Ja, Eisenbrenner, brûle le fer, heißt er, denn das Eisen hat immer gebrannt, wenn wir es gehoben haben über Eure Köpfe, Ihr dummen Bären!

1. Knecht. Der Herr ist ein Berner! Gebet Acht!

Heiny. Ein Kaufmann; gewiß Einer von den Großen von Locarno wie die Muralto und Orelli, keiner von den 1600 Burgern von Bern, glaub' ich.

Schwabe (weist ein Papier vor). Seh't, da steht es: 1586! In diesem, unserem Jahre gedruckt zu Basel am Rhehn. (liest und trällert dazu)

„Der Handwerk' find't man mancherley
„Gleich wie in Städten reich und frey,
„Besonders wird da auf alle Weiß'
„Seiden und Sammet gemacht mit Fleiß,
„Tücher von Wollen rein und zart,
„Doch stark und auf die Welsche Art,
„Barchent, Daffet und „Womessin"
„Aus Flachs die reinsten Tüchelin,
„Und and're subtile Sachen,
„Welch' alles die B ü r g e r selber machen".
Und, hat er Geld, Heiny? — — — —

Heiny (spöttisch). Nichts für Dich! Teufelsthaler,
lauter T e u f e l s t h a l e r hat er!

Schwabe (ernsthaft). Woher hat er die?
(Alle lachen.)

Walliser. Woher? Vom Teufel! Achtzig Jahre sind
sie geschlagen, St. Theodul, den Patron, mit dem Teufel und
der Glocke haben sie d'rauf und drüben den Nikolaus Schinner.
Im Höllenthurm bei Brieg ist noch ein Schatz. Magst ihn heben?

Schwabe. Da komm' ich zu spät! Das G o l d ist
stärker, als der S c h w y z e r. (Lacht).

1. Knecht (finster). Lach' Du nur allein! Gold
stärker? Hat der „E n t l i b u c h e r S c h i b i" nicht ein Pferd
auf die Achsel gehoben und einen Mann schwerer, als Du
bist, auf der Hand gehalten mit ausgestrecktem Arm? J a k o b
M a r p a c h war noch stärker!

Walliser. Und wir haben den Allerstärksten gehabt,
wir W a l l i s e r! W i r! (Klopft sich auf die Brust.)

1. Knecht und **Berner** (zugleich). Ihr? — Woher?
Den Stärksten Ihr? — Walliser Tröpfe! Wie ist der Nam'?

Walliser (hebt die Faust). Der I n d e r b i n n e n von
G ä s c h i! War der stärker oder nicht? Ju drei Teufels=
Namen! (Läßt die Faust auf den Tisch fallen.)

Zurtannen (wichtig). Der Thomas, ja ja, der war stärker.

Berner (zum Walliser). So erzähle Du von ihm. Ich
weiß Nichts von ihm, dem in der Biene von Gäschi. —

Walliser (räuspert und erhebt sich). Wie die Berner

Obergestelen, Oberwald und Unterwasser verbrannt
haben, da ist der Thomas Riedi Inderbinnen aus
Gäschinen in einer Bärenhaut gekommen und hat gefochten
gegen Euch Berner: Er hat Euch überall mit Eueren
Freunden, den Schwyzern, Freiburgern, Solothurnern, Neuen=
burgern und Bielern geschlagen und schlagend ist er auch ge=
storben. Denkmal hat er keines, aber (schlägt sich auf die Brust)
da steckt er jedem ächten Walliser im Herzen! Er
war so stark, daß er sich lange Eisenstangen zu einem Stock
gebunden hat und geschwungen hat er den wie einen Tannen=
zweig. Die Berner haben sich wollen einen Gleichen ziehen
und haben sieben Jahre lang einen Mann gemästet!

Berner (aufschreiend). Gemästet. Einen Mann?
Dummheit!

Zurtannen (bestätigend). Ja! Er hat essen und trinken
dürfen, so viel er gewollt hat.

Walliser. Der Inderbinnen aber hat ihnen gesagt,
sie sollen ihn nochmals sieben Jahre mästen, denn die Hose
des starken Berners hat ihm nur um den Kopf gepaßt: Da
haben sie's aufgegeben, einen noch Stärkeren zu mästen.

Heinz. Und doch ist der Inderbinnen auch gestorben:
Er war in den Bauch gestoßen; —

Zurtannen (einfallend). Hat einen Trunk Wasser
begehrt und gesagt: So jetzt kämpfe ich noch für Euch!

1. Knecht. Und hat noch Einen erschlagen?

Zurtannen (spottend) Ehe Einen! So wahr ich
Zurtannen heiß und von drüben bin: Achtzig Berner hat
er noch erschlagen, bis er gestorben ist!

Schwab (lallend). Frili, das isch jetz' schön! Lügt
Einer besser als der Ander'! —

Walliser (erhitzt). Nicht genug ist es! Alle hätt' er
erschlagen sollen, Ihr sauberen Eidgenossen!

Berner. Was, seid etwa Ihr Eidgenossen? Schand=
Genossen seid Ihr und Euere Pfaffen, die sind schlechte!

Walliser (zieht das Messer). Was schlechte? Ich will
Dir geben schlechte! (Sie ringen.)

— 27 —

Vreneli (erschreckt). Trenn't sie! Hinaus! Wer leidet's? (Zum 2. Knecht.) Was schaust? Ich will's!

Heiny (und 2. Knecht fassen die Streitenden bei den Schultern und reißen sie von dem Tische. Das Messer fliegt unter die Bank). So, morgen hast Du es wieder.

Vreneli. Jetzt in's Haus! Adje! Die Zech' zahlt!

Walliser (wirft ein Geldstück hin). Für Alle! Adje, läbet wohl, Jungfer! (Sie gehen in's Haus, Berner und Schwabe ziehen weiter, Walliser bleibt.)

3. Scene.
(Nacht.)
Vreneli, Haller.

Vreneli (auf der Gallerie Hallern bis zum „Stübli" leuchtend). Der Lärm ist verstummt. Jetzt ist es still, daß man wieder den See hört, wie er am Ufer schwatzt; das ist unsere Nachtmusik.

Haller. Ich höre auch reden. Was haben die noch?

Vreneli (horcht). Nichts hör' ich mehr. Doch, Ihr habt Recht, der Zurtannen redet im Schlafe. — Sie sind ja alle todmüd' oder trunken bis auf Einen.

Haller. Den Heiny?

Vreneli (lauschend). Der Jung-Knecht ist's, der dem Heiny gut' Nacht giebt, scheint mir. Was wird's sein?

Haller. Der Jung-Knecht, der hat Euch lieb! Gut' Nacht! Schlafet wohl, Jungfer.

Vreneli (stolz). Gut' Nacht'!
(Vreneli links ab, Haller tritt ein.)

4. Scene.
(Vor dem Hause.)
Heiny, 1. und 2. Knecht und Walliser.

1. Knecht (leise). Ich sag' Dir's, der hat Geld. Ich hab's gefühlt im Felleisen. Das Vreneli hat es versperrt. 6 Beutel voll Genueser! Aber das Vreneli versteckt Alles. — — Der Spittler wär' schon klüger.

Heiny (lispelnd). Ich brauch' nur die Schrift gegen Savoyer und Franzosen. Aber mit dem Vreneli ist nicht zu reden. Es ist das Wichtigste. Wegreißen will ich's und fortlaufen, das wär' das Beste und dann das Geld zurückstellen durch einen Geheimboten, dann wär's kein Raub. Das Geld brauch' ich nicht. Ich brauch nur die Schrift. Aber die brauch' ich um jeden Preis! —

(1. Knecht ab.)
(Walliser und 2. Knecht treten ein.)

Walliser. Was giebt's. Du hast mit den Augen gewinkt. Ein Geschäft?

Heiny (zum Walliser). Ist's nicht Euer Vortheil auch? Sind die Berner nicht Euere Erbfeinde? (Zum 2. Knecht.) Dir gäb' ich's Vreneli lieber, als dem Spittler. — Hilf mir! Schaff' mir den Fetzen. Geh't voraus. Sag't, Ihr such't den Spittler. — Nehmen wir's mit Gewalt ab! (Zum Walliser.) Ihr nehm't es nicht von ihm, Ihr nehm't es dem Feind ab, der es gegen Euch benützen könnte.

2. Knecht. Geh' du hinten; ich will's versuchen, Du halt ihn. Aber daß ich nicht ausgleite, sonst sind Beide verloren. Auf der „Hehlen Platte" geht's, dort ist nur Platz für Einen und in den Fußstapfen steht nur Der, der es früher weiß, fest; Du mußt ihn halten, dann geh' ich abwärts und Du aufwärts. Vergrab's schnell: So muß es geh'n. (Macht die Faust gegen die Gallerie.) Gut' Nacht Herr! Ich will Dir schon das Vreneli geben, Du Geldsack! — — (Laut). Gut' Nacht, Heiny! (Ab.)

Walliser (zum Heiny). Ich will von dem Handel Nichts wissen. Ich geh' nach Sitten weiter; thut, was Ihr wollt! (Ab).

Heiny (ruft ihm nach). So geh': Das ist der Dank, daß man ihnen hilft, wo man kann, verdammtes Volk, welsche Lügner! (Ab).

5. Scene.

Haller (tritt auf die Gallerie heraus). Waren das nicht Stimmen? (Beugt sich vor.) Alles still. Was es wohl sein mag? Ist es Unbehagen oder Anstrengung oder der Wein? Vielleicht auch das Bild der schönen Jungfrau, die mich mit ihren großen, feurigen Blicken bis in den Traum verfolgt? Ich kann nicht Ruhe finden: Kaum schließ' ich die Augen, seh' ich Eis und Schnee, dann den Ahasver, welcher dem alten Säumer, dem Heiny auf's Haar gleicht. (Schaut.) — Stockfinster ist es. Was knistert dort? Ach, das Seewasser rauscht. Muß doch nach der Satteltasche schauen. (Tritt herein; gleich darauf): — (hastig.) Das Vreneli muß ich fragen. Sie fehlt. Die Thür ist drüben geschlossen, durch das Fenster geht es nicht! Also doch eine Bande? Also doch das Opfer von Betrügern? — Und sie, Mitwisserin? Nein! Nein! Sie weiß Nichts davon! — — — Ich steig' über die Gallerie (hebt den Fuß); wie tief? Bei der Dunkelheit! O, hätt' ich doch den Alten für einen Heuchler gehalten! Es ist zu spät! Meine Abschrift ist fort! Was liegt an dem Gelde? — (Lärm.) Ein Schlüssel dreht sich! (Ein Lichtstreif fällt durch die Thür von innen.) — — — Sie ist's!

6. Scene.
Haller, Vreneli.

Vreneli (heraustretend, eine Laterne in der Hand, in der anderen einen Wasser-Eimer, sucht ihn).

Haller. Ihr seid's? Gottlob! Wo sind die Anderen? Mich flieht der Schlaf.

Vreneli. Dem Spittel-Wirth entgegen. Es ist drei Uhr. Sie sagen, es sei ihm etwas zugestoßen. Die drei Reisenden sind über die Mahenwand gegangen, die Anderen haben die Reise fortgesetzt und der Zurtannen ist „Strahler", der muß früh auf und in die Berge.

Haller (erregt). Der Heiny auch?! Er hat seinen Lohn noch nicht. Mein Felleisen, mein Alles hat er. Schaffet mir das Felleisen!

Vreneli (erbost). Kennt Ihr die Schweizer nicht?

Haller. Bin selbst Einer. Ob ich sie kenne!

Vreneli. Hab's gewußt: Desto schlimmer! (Greift

unter das Dach) Da! (Wirft das Felleisen hin.) Ich hab's bewahrt, wie er gegangen ist, dort oben — — — —

Haller (faßt ihre Hand). Ich lohne Euch's! Es ist (reißt mit zitternden Händen die Riemen auf und sucht ein Papier) ja — Alles! Nichts fehlt! (Nimmt ein goldenes Kreuz heraus und hält es zum Lichte): Da, seh't wie das glänzt! Da nehm't! Als Heiratsgut! Es ist vom Papst geweiht und ich bekenne mich nicht zu ihm.

Vreneli (lachend). G'rad wie ich! Ihr seid ein „Ketzer". Auch ich bin lutherisch. Ich will's nicht haben, das schöne Kreuz! (Betrachtet es), Behaltet es nur selbst!

Haller. Dann muß ich es selber tragen? Ich hab' es als Kind schon gehabt von der Mutter.

Vreneli. Wirklich? Und von Wem überkam sie es? (sinnt vor sich hin.)

Haller. Von meinem Vater. Beide sind todt. Aber, was hab't Ihr? Ihr seid ja ganz verloren in Betrachtung! Gefällt es Euch? Nehm't!

Vreneli (leise). Wo hab ich das geseh'n? Ah bah! (Plötzlich, wie erwachend:) Nichts! Aber morgen will ich Euch geleiten, wenn er nicht da ist, denn ich traue den Knechten nicht: Sie wissen, Ihr seid reich!

Haller. Woher wissen sie das? Von dem Heiny?

Vreneli. Der Alte hat's ihnen gesagt. — — —

Haller (hält ihr das Kreuz hin).

Vreneli (stößt die Hand zurück). Dank' Euch! Will es nicht!

Haller. Warum nicht? Zur Hochzeit, Vreneli!

Vreneli. Will Keinen zur Hochzeit: Kann allein bleiben.

Haller. Keiner hat's Euch noch angethan? Das nimmt mich Wunder!

Vreneli. Noch Keiner! Will auch Keinen!

Haller (lachend). Harte Jungfrau, eiskalt, wie die dort oben.

Vreneli. Noch härter wie Stein, ja, ja!

Haller (faßt ihre Hand). Komm herunter. (Sie treten

aus dem Hause.) — (Legt den Arm um ihr Mieder.) Keiner? Nähmst m i ch auch nicht?

Vreneli (will sich losmachen). Laß't, Herr!

Haller (will sie küßen). Soll ich's versuchen?

Vreneli (heiter). Ihr wäret mir der R e ch t e! Heute d a, morgen d o r t, N i ch t s zu schaffen; so reich und ich so arm: Ihr müßet Euch schon Eine aus der Stadt holen. Laß't die Landmädel. (Sie setzen sich.)

Haller (zieht sie an sich). Und wenn ich wiederkäm', Vreneli?

Vreneli (lachend). Ihr seid ein Böser! Kommet nur!

Haller. Jetzt haft mich aber schon lieb?

Vreneli (treuherzig). Gleich, wie ich Euch gesehen hab', dachte ich: Hätte ich so einen Liebhaber, so herrisch und doch so gut und nicht blaß, wie die Stadtleute und doch so fein!
(Sie holt zwei Krüglein und stößt mit ihm an.)

Haller. Herzliebste, trink' auf eine fröhliche Zukunft, bis ich wiederkomm'. Wirst Du mich nicht vergessen, Vreneli?

Vreneli. Wie kann ich an Euch denken, wenn ich Euren Namen nicht weiß?

Haller. Je nun, nenne mich H e i n r i ch.

Vreneli (kopfschüttelnd). So heißen V i e l e, wie s o n st noch? I ch will es wissen! (Es pocht an der Hausthür. Vreneli schreit:) Die B ö s e n!

Haller (aufspringend). Meinst du die Knechte? Es ist aber Niemand.

Vreneli. Wer's nicht gehört hat, glaubt's nicht! O, könnt' ich in die Welt hinaus! So wie Ihr! Aber eine innere Stimme sagt mir: „Geh' nicht mit ihm!" (Löst sich aus seinen Armen.)

Haller (ihr nach in's Haus). Schau' das Wasser, wie es zum Thal eilt: Erst im See hat's geschlafen, jetzt küßt der Bach die schöne, blaue Aare. Vreneli erwach! —
(Beide ab.)

7. Scene.

Spittler, Heiny.

Spittler (pocht). He da! Vreneli!

Vreneli (von innen). Die Thür ist offen.

Spittler. Wohnt hier Einer?

Vreneli (den Finger auf dem Munde). Ein Fremder. Er schläft.

Spittler. Wo sind die Knechte?

Vreneli. Euch entgegengegangen; gestern noch, Euch zu suchen, Spittler!

Spittler. Im Oberhasli könnt' man sich doch nicht verfehlen. Was soll's? Sind vielleicht blauen Montag machen oder auf „Kilt" gegangen?

Vreneli (laut lachend). Der alte Heiny? Und hier? Vielleicht zu den „Verdammten Frauen" oder zur „Marquisin auf der Furka"?

Spittler. Geh' Vreneli! Mach' keine Scherze. Weck' Deinen Fremden. Möcht' ihn seh'n.

Vreneli. Der war so müde vom Gries=Weg, laßt ihn Wirth!

Spittler. Ist er von Italien gekommen? War der Weg sicher? Man hört so Manches. Montag gehen wir zu Thal, dann bleibt nur der Knecht hier, dann giebt's lustige Tage zu „Im=Hof" und „Meyringen" und ich bin Wittiber und das Trauerjahr ist um. Willst Du Spittlerin werden? Sag' „Ja"! (Faßt ihren Arm an.)

Vreneli (unsicher). Der Fremde hört uns! Heute nicht!

8. Scene.

Die Vorigen, Haller.

Haller. Der Wirth? Grüß' Gott! Heut' geht es weiter. Wo ist der Heiny?

Vreneli (verlegen). Noch immer nicht da.

Spittler. Ist der Euer Führer über den Gries gewesen?

Da seid Ihr mit einem schönen Narren gelaufen. Der ist verrückt und thut nicht gut und lebt von — — —

Haller. Von was? — — — (Giebt ein Goldstück.)

Spittler (besieht das Geld und erprobt das Gewicht in der flachen Hand). Lebet wohl! Gute Reise! Und schönen Dank für die Armen!

Haller (zu Vreneli). Lebt wohl, Vreneli!

Vreneli (reicht ihm die Hand). Gute Reise!

Haller (giebt ihr das Kreuz, das er küßt). Nehm't doch!

Vreneli (nimmt das Kreuz, — leise). Weil Ihr's geküßt hab't nehm' ich's. (Wendet sich, die Thränen zu verbergen.)

(Haller ab.)

Spittler. Grüß' Gott! Gute Reise! (Bei sich:) Sie sind einverstanden. Aber das Goldstück liegt warhaftig da! Wird ihn auch bald vergessen. (Ab in's Haus.) So sind sie alle! (Vreneli küßt das Kreuz und geht dem Seeufer zu.)

9. Scene.

Vreneli (am Seeufer sich die Haare kämmend). Dort steht der Zinkenstock, als wären seine Felsen Krystalle und das Aare-Eis blinkt heute wieder so weiß aus den Nebeln hervor. Wie ein Ungeheuer kriecht der Gletscher herunter. O, so schaurig eisig weht der Wind! Ich geh' ihm doch nach. Aber, ich mein', er nimmt noch Abschied. Da liegt's, das Haus, wie ein Felsstück und ich schau in den Wasserspiegel da hinein. Gleich wird der Schuster von Jerusalem heraussteigen und mich hineinziehen. — Was ist das? Schritte? Jetzt hab't Ihr mich erschreckt, Spittler!

(Haller kehrt zurück.)

10. Scene.

Vreneli, Haller.

Vreneli. He, Spittler! Was sind das für Scherze?

Haller (tritt ganz nah' heran). Vreneli!

Vreneli (wendet sich lachend). Ich hab's gedacht! Hab' Euch kommen gehört. Hab's gedacht, er kommt noch!

Haller. Für Wen machst Dich so schön?

3

Vreneli. Für Wen? Wär's für Euch! (Schlingt den fertigen Zopf um den Kopf.)

Haller (faßt sie um die Schulter, beugt ihren Kopf zurück und küßt sie). Daß das Feuer unserer Herzen sich vermenge!

Vreneli (die Augen schließend). Geh' jetzt! — — — Geh'! — — — — (Laut.) Bald gehen wir auch. Dann giebt's Freude auf der „Spinnete" und später Tanz und Gesang, beim „Haslifest" an der Handeck und dann besuchet mich zu „Imhof". — (Sie schaute ihm mild in die Augen.) „So, dort ist der Weg nach Bern"!

Haller (bewegt). Vreneli!

Vreneli (nickt). Lebet wohl!

Der Vorhang fällt.
(Ende des II. Aktes.)

———·———

III. Akt.

(Im Oberhasli; Stelle über der „Hehlèn=Platte" im Vordergrunde
links und rechts steile Felsen; Büsche umgeben einen schmalen Pfad.
Tief unten der Thalboden und ein Fernblick gegen das Unterhasli.)

1. Scene.

Haller, ein Säumer aus Bern.

Haller (bei sich). Dort kömmt ein Säumer!

Säumer. Ist der Spittler oben?

Haller. Ja, doch nicht lange mehr, sagen sie.

Säumer. Giebt's bald Ruttner=Arbeit! Gehet nicht
zu schnell; Wir haben Knechte getroffen und den alten Heiny
und einen Strahler, der seine Kryſtalle nach Meyringen bringt;
— im Röterisboden lagern sie und reden 'was; Ihr solltet es
hören. Es geht Euch an. Kehret um! Beſſer wär's.

Haller. Ich kenn' das Berniſche beſſer!

Säumer (achſelzuckend). Ich hab' Euch gewarnt! (Ab
gegen Grimsel.)

Haller (nachrufend). Leb't wohl! Dank' Euch auch!
(Bei sich.) Mein Felleiſen iſt ſo ſchwer. Ich will mich dort
lagern. Einer von ihnen trägt es. Wenn der Heiny dabei
iſt, bin ich ja ſicher. Daß ſie den Spittler nicht angetroffen
haben! Sonderbar! — Wo müſſen ſie gegangen ſein?
(Ab thalwärts.)

2. Scene.

Vreneli, Säumer.

Vreneli (den Melkkübel wegſtellend). Da ſetz't Euch her
und ſagt mir Alles, was ſie unten reden.

Säumer. He! Jungfer! Der Herr dort hätt' zu
tragen. Dem thät Eurer Rücken gut. Der liegt ſchon im
Gras. Aber, was krieg' ich zu Dank?

Vreneli. Hab't Ihr alſo die Knechte geſehen?

3*

Säumer. Und den Heiny! Die liegen weiter unten. Faul sind sie Alle. Ich habe sie gesehen, habe sie gehört, habe den Herr'n gewarnt; kann ich mehr thun? „Wegreißen" haben sie gesagt. Wenn er sie antrifft, Gnad' ihm Gott! Wir wollen's dem Spittler sagen. So jetzt meinen Dank! (Will sie küssen.)

Vreneli (springt auf). In Jesus Namen! Der Heiny auch? (Tritt zurück.)

Säumer. Der Heiny, von dem wollen wir schweigen. Der war Einer der Unseren. Aber die Anderen wollen ihn berauben. Lebet wohl! (Ab.)

Vreneli. Blutiger Heiland! (Stürzt abwäts gegen das Thal, dann überlegt sie und klettert links auf den Felsen, um einen Ueberblick zu haben.)

3. Scene.

Vreneli (allein in den Felsen). Nichts zu sehen! O, hätt' ich ihn nicht fortgelassen. In der Tiefe schäumt das Bergwasser ganz wie sonst, als wär' dort Nichts! Die glatten Wände verbergen mir den Röterißboden, aber die „Hehle= Platt" seh' ich genau im Schatten vom Rizzlihorn. — — Dort wandern sie. Er ist nicht bei ihnen. — (Geht rechts auf einen Vorsprung). Jetzt kommen sie über den Grißbach. Ein Lärchenwald deckt sie. — — So friedlich ist's da und die Menschen sind so schlecht! Wenn ich nur wüßte, wo er ist? — — — Dort tritt der Erste aus dem Walde. Wohin sie gehen? Sie schreiten scharf aus. Jetzt sind sie bei der Handeck= Lauene? Nein, noch nicht: Das ist der Tod im Leben! Hier oben ist Alles gewaltig, Freud' und Leid, dort unten still und klein! Dort wird auch seine Liebe vergeh'n? (Sinnt.) — Da drunten ruft der Gelmenbach über die Felsen: „Halt ein! Bin doch schneller an der Handeck, als Du"! — — — Jetzt sind sie an der „Bösen Seite". — — Und, heiliger Herrgott, der Heinrich ist bei ihnen! Jetzt noch hundert Schritte von der Matte! Da ist die „Hehle=Platt'! — Wer dort ausgleitet, ist verloren! (Schaudert.) Er ist der

Letzte. — Nein, der Heiny führt ihn. — — Er ruht aus. — — Jetzt bleiben sie auch stehen. Warum das? Will er noch zurückschauen, wo er mich gesehen? Will er Abschied nehmen von der Grimsel? Jetzt reicht er dem Heiny die Hand. Der Schwindel faßt ihn! Ach! Jetzt sind sie am Ende. (Seufzt auf.) Ach! — — — — — — — (Schreit.) Heinrich! Heinrich! (Hilferufen unten.) Halt ihn! Er fällt! Halt ihn!

(Ihre Hände in die Luft streckend.)

Bei Dir, bei Dir! Verloren! — — — — Dort unten! (Fällt auf die Kniee und lehnt mit geschlossenen Augen an den Felsen.) Heinrich! Heinrich! — — — — — —

4. Scene.

Vreneli, Heiny.

Vreneli. Sie haben mich gehört? Sie gehen weiter? Nur der Heiny kommt herauf, wie ein Flüchtiger? Todt! Todt! In der Aare! In der Handeck verloren! (Verbirgt sich hinter die Felsen.)

Heiny (athemlos, das Felleisen Haller's unter dem Arme). Da vergrab' ich's; die Schrift ist bei mir! Ich hab's nicht thun wollen, doch, er hätt' mich hinuntergeworfen, wenn der Knecht mich nicht gehalten hätt'! Und dann haben sie gerungen. Heiny, was hast Du gethan! Dort kocht der Schaum die Handeck hinunter; dort kommt Keiner heraus. (Reißt einen Strauch aus, wirft das Felleisen in die Wurzelvertiefung.) So! (Tritt die Erde fest.) Jetzt fort!

Vreneli (tritt vor). Wo ist der Fremde?

Heiny (erschrickt). Was hast du uns nachzulaufen?

Vreneli. Wo ist er?

Heiny. Weiß ich? Hat er Dir den Kopf verdreht, der Schöne?

Vreneli (faßt ihn am Arme). Ich hab' es gesehen. Er ist gefallen!

Heiny (schreit). So wie Du, verlorene Tochter! Nichts hast Du gesehen! Bei den Anderen geht er und du bist ihm nachgelaufen.

Vreneli. Er war v o r Euch, lüget nicht! Vater!

Heiny (schweigt).

Vreneli. Was hast Du dort eingegraben? Ich will es wissen! (Sie versucht, den Busch auszureißen.) Er giebt nach!

Heiny (hebt die Hand auf). Geh' oder du (reißt sie zurück) geh'st in's Wasser!

Vreneli (schluchzend). Dann wäre ich bei ihm! Er war 'was Braves!

Heiny. Hat er Dich recht angeführt? Heirath ver= sprochen? Da gehen sie Alle auf den Sand, die Gänse!

Vreneli (herrisch). Ich weiß, was gut und recht ist.

Heiny. Ja, so werd' halt Prinzessin! Alle sind so. Das verdreht ihnen den Kopf, wenn Einer glatt ist und fein, wie ein welscher Hofherr!

Vreneli (kreischend) Vater! Wo ist er? Wenn du es nicht sag'st, ich sag es oben. — (Sie reißt ihm den Stock aus der Hand.)

Heiny (hält sie). Bleib' Du! Du ereilst ihn nicht; bist Du wahnsinnig? Ich hab' ihn nicht halten können. Er ist schon unter der Handeck.

Vreneli (die Hände vor dem Gesichte). Unter der Handeck! Unter der Handeck! (Hält ihn zurück.)

Heiny (stößt sie von sich). Geh' ihm nach! (Reißt die Tasche aus dem Boden und flieht aufwärts.)

Vreneli (will ihm nach, wendet sich dann und fällt; — sie stößt einen gellenden Schrei aus.)

5. Scene.

Vreneli, Haller.

(Vreneli liegt regungslos da.)

Haller (den Kopf verbunden, mit zerrissenen Kleidern). (Sieht Vreneli ohnmächtig.) Vreneli! (Hebt sie zu sich.)

Vreneli (erwachend mit einem Aufschrei). Seid Ihr's oder seid Ihr's nicht? Wie seid Ihr todtenbleich, das Blut auf der Stirn!

Haller. Dort ist der Heiny gewesen! Wo ist er jetzt?

Vreneli (schaudernd.) Der Heinÿ — der Heinÿ. — Was hat er? (Erhebt sich mühsam.)

Haller. Mein Felleisen, mein Geld! Ich brauche die Papiere.

Vreneli (wäscht seine Wunden.) War Keiner mit ihm?

Haller (nickt.) Die Anderen — waren voraus — Er und der Jungknecht haben mir geholfen.

Vreneli (matt.) Er, hat er ge—holfen?

Haller. Er! Auf der Platte hab' ich gewartet, — ich bin ausgeglitten, ich hab' mich gehalten, ich hätt' sie Beide mitgerissen. So haben sie mich gelassen. — Ich habe mich gehalten. Ich hab' geschrieen, aber sie haben mich nicht ge=hört. So hab' ich's allein gemacht mit aller Kraft.

Vreneli (schlägt die Hände zusammen.) Dem Herrgott sei's gedankt! Da seid Ihr!

Haller. Und da hab' ich von Spalt zu Spalt die steile Wand mich heraufgewunden und mit den Knieen ge=stemmt, bis zu einem Stamme und da bin ich. Und da bist du auch! O, wie froh bin ich, Vreneli! Bist mir doch recht gut?

Vreneli (seinen Kopf auf dem Schooß.) O, Heinrich, ich hab' dich so lieb!

Haller. Er hat's nicht gethan, Vreneli!

Vreneli (verbindet ihn.) Mir ist so leicht zu Muth! Er nicht?

Haller (blickt zurück.) Dort kommt der Spittler. Laß' mich geh'n.

Vreneli. Die Knechte? Weich' ihnen aus. Sie machen Dich stumm; sie fürchten was!

Haller. Bin schon stark. Geh' zurück. Im Winter hol' ich Dich, mein Schatz! (Haller ab.) (Vreneli folgt vorsichtig.)

6. Scene.
Vreneli, Spittler.

Spittler. Vreneli! Vreneli! Wo bist? Wo treibst Dich herum? Soll ich etwa melken und den Ziegen nach=laufen? Hast jetzt genug gehabt? Aus ist's mit uns! In meinem Haus haft du kein Obbach mehr! Hol' Dir Dein Geld bei den Stadtherren . . . . .

Vreneli. Spittler! Wer hat's gesagt?

Spittelwirth. Der Heiny.

Vreneli. Wo ist er jetzt?

Spittler. Gleich dort oben sitzt er und thut, als ob er ein Narr wär' und jammert und weint.

Vreneli. Und die Knechte?

Spittler. Sind noch nicht zurückgekommen.

Vreneli. Kommen auch nicht, Spittler! Der Säumer hat Euch Nichts erzählt?

Spittler (ausweichend.) Was sollte er erzählen? Giebt's was Neues denn? Was denn? Die Knechte hol' ich.

Vreneli (ab ohne Antwort.)
(Spittler ab gegen das Thal den Knechten nach.)

7. Scene.
Vreneli, Heiny.

Vreneli (zieht ihn an der Hand hervor.) Du steh', Vater, der Spittler will's und wenn du keine Schuld hast, bleibe!
(Heiny schweigt.)

Vreneli. Wo ist das Felleisen?
(Heiny schweigt.)

Vreneli. Wo ist der Fremde?

Heiny. Hast du ihn gefunden?

Vreneli. Ja! Dort! (Zeigt zu Handeck.)

Heiny. Schweig! Sonst zünd' ich Euch die Hütte an.

Vreneli. Soll ich's dem Wirth sagen?

Heiny. Den mach' ich kalt!

Vreneli (droht mit dem Finger.) Es bleibt nicht lange verborgen, was Ihr gethan' habt. Seh't! (Hält ihm das Kreuz vor.) Kennst du das?

Heiny (starr.) Von der Mutter!

Vreneli. Willst es wissen? Von ihm, vom Herrn Heinrich!

Heiny (zitternd und fassungslos.) Wo — woher hat er es? Das Kreuz des Großvaters. Red' ich bitt' dich! (mit veränderter Stimme.) Breneli! Wenn Du mich je lieb gehabt hast, Breneli, red', red' von ihm? Wahrhaftig, von seinem Vater hat er's?

Breneli (milder.) Ja! Von ihm; er hat's von seinem Vater? —

(Heiny sinkt auf einen Felsblock u. bedeckt das Gesicht.)

Breneli (mitleidig.) Was ist, Vater, was ist Dir?

Heiny (verzweifelnd.) Ich hab' das Kind meines Wohlthäters verfolgt; das ist mein Dank für jenen Berner Herren, der mir das Leben gerettet hat, wie ich im Bannwald Holz genommen! Oh Gott, verzeih' mir's! Das Kreuz hatt' ich ihm gegeben. Für die gute That und „an seinen Kindern", hab' ich gesagt, „soll's der Himmel vergelten!" — — — Und ich hab' es so vergolten! (Schluchzt.)

Breneli (theilnehmend.) Und wenn er lebt?

Heiny (wirft den Hut zu Boden und rauft sich die Haare aus.) Verfluchter Trost! Ich will ihn nicht, ich will ihn nicht! Er ist unten. Er ist todt! Keine Rettung! He, Spittler! Ich hab's gethan, der Heiny ist's gewesen! (Wie ein Wahnsinniger ab.) — — —

Breneli (langsam folgend.) Da steh' ich verachtete Magd. Wird die Tochter eines Landstreichers jemals die Frau eines solchen Herr'n? Nein! Ich hoffe Nichts! (ab.)

(Der Vorhang fällt.)
Ende des III. Aktes.

———

IV. Akt.

(Festplatz des „Dorfet" auf den Wiesenplätzen bei der Handeck, rechts hochstämmiger Wald, links Fässer mit Wein, Bretter mit Käse und Brot, im Hintergrunde an der Berglehne Schießstand, in der Mitte Tanzplatz auf den Matten, Fahnen.)

1. Scene.

Alter Bauer, Junger Bauer, Festleute, Junge Mädchen, Schützen.

Junger Bauer. Der fünfundzwanzigste Tag im Juli ist ein feiner!

Alter Bauer. Seit uralter Zeit ist das der Tag, an dem wir im Oberhasli das „Dorfet" feiern. Sanct-Jakobstag nennen sie's anderswo oder „Suffuntig." Sie sagen, das komme noch aus der Heidenzeit. Ob's wohl wahr ist? Wer kann es wissen?

Junger Bauer. In allen Dörfern sind die Häuser mit Reisig geschmückt, schöner als in anderen Jahren und da sitzen die Bursche und Mägde und lugen nach den Gästen aus, die zu Fuß und zu Pferde ausziehen.

Alter Bauer. Ist doch der Friede in Aussicht. Wir wollen es hoffen. Die Savoyer sind klug und wissen, was sie zu fürchten haben. Schon jubeln dort die Brienzer, Meyringer und Imhofer. —

(Man hört Rufe von unten, Bauern erscheinen festlich gekleidet, dann Schützen.)

In Guttannen, wie ich heraufgestiegen bin, haben sie in die blaue Luft hinausgeblasen, daß es eine Freude war! Schmettern und Knallen, Trompeten und Büchsen, das ist eine Freude. Manchem Meidli steckt der Tag schon in den Beinen: Es kann den Tanz nicht erwarten. Mitten im Walde grüßt der Widerhall. Da nehmen sie die Lagernden mit und schließen sich lachend an zum Festplatze. — (Jubelrufe.)

Junger Bauer (klatscht in die Hände.) Ueber die Hecken steigen sie und hinter den Zäunen kommen sie hervor und aus den Höfen jauchzen die Zurückgebliebenen ihnen nach. Heute giebt es Schwinget! Wett-Schießen, Tanz und Sang und — — — Na! Ich will nicht reden — — —

Alter Bauer. Ja, Ja! Das ist so ganz anders, als die traurige Zeit im Winter, wenn eine weiße Decke den Frohsinn im Banne hält.

Junger Bauer. Heute ist sie vergessen und heute sind alle gleich: Nur Gäste und Festleute!

(Büchsenknall.)

Alter Bauer. Ist das schon der Anfang? O, sie grüßen sich und schütteln die Hände, nach alter biederer Schweizerart. Grüeß Gott Schützen!

(Schützen grüßen und rücken aufwärts nach.)

Junger Bauer (führt ein Mädchen zum Tanze.) Die Schönste soll den Anfang machen!

Alle. Hoch! Hoch! (Musik beginnt.)

Junges Mädchen (traurig.) Die Schönste fehlt, das Vreneli von Imhof: Von der Grimsel ist sie im Spätherbst schon krank gekommen und den Winter über ist sie in Imhof kränker gewesen. O, sie hat so Sehnsucht gehabt zum Feste! Ob sie sie bringen? Lange lebt sie nimmer.

Junger Bauer. So seid Ihr doch die Schönste! Geht zum Tanz! Der erste Ehrentanz mit dem Aeltesten.

(Das Mädchen und der alte Bauer tanzen.) (Allgemeiner Jubel.)

Alle. Hoch! Hoch! Sie leben hoch!

2. Scene.
Die Vorigen, Vreneli.

Vreneli (bleich und abgehärmt auf einen Stab gestützt.) Erst hab' ich nicht mitkommen wollen, aber die Anderen haben mich mitgezogen. Sie fühlten Erbarmen für mein Herzeleid. Auf der „Spinnete" zu Imhof hab' ich vergeblich auf ihn gewartet: Er kam nicht. Ist er krank, ist er gestorben? Nichts weiß ich und das schmerzt so tief! Freilich, die schönen Mädchen von Bern verwöhnen ihn und ich hab' es oft von der seligen Frau des Spittlers gehört: „Männerherz ist leichtere Waare als Federzeug": Sie hat gut gesprochen! — Der Tanz ist begonnen. Lust über den Wipfeln, über den Tannen. (Setzt sich auf einen Stein abseits am Waldesrande.) Da gedenk' ich der vergangenen Zeiten, der schrecklich langen Stunden, die ich nur überlebt hab' in der Sehnsucht auf das Wiedersehen! Wehmuth im Herzen!

(Festleute kommen.)

Immer noch Leute; Keiner gleicht ihm. Er hat mich vergessen! (Weint.) Was bewegt sich dort? Ein Reiter? Fürwahr! Wenn er's wär'. Ja! Ja! Er ist's. Herr Heinrich ist's! (Wirft den Stab weg.)

3. Scene.

Vreneli, Haller, Schütze.

Haller (den Hut mit Federn in der Hand, als Berner Junker gekleidet, mit Stülphandschuhen und Degen.) Jungfer Vreneli, kennt Ihr mich noch?

Vreneli (bei sich.) Wie schön er ist! So wundermild schaut er aus seinen schelmischen Augen hervor und so köstlich ist er anzuschauen! (Drückt ihm die Hand.)

Schütze (tritt auf.) Da hättet Ihr in Straßburg sein sollen, Jungfer Vreneli! Das war ein Fest, als wir zu unseren Brüdern den Rhein abwärts gefahren sind. Fünfzehnhundert Schützen!

Haller (zu ihr.) Purpurroth bist Du geworden, Schatz! (Zum Schützen.) Sind dort die Arquebusiere und Armbrustschützen? (Sie reden.)

(Schüsse.)

Schütze. Kommet, Herr, es knattert lustig dort oben. — — — Ich will Euch erzählen von den sechsunddreißig Fahnen, den Fürsten, Edlen und Bürgern, von denen hundert Dukaten, die ein Nürnberger gewann! Mancher aus dem Oberhasli war mit der Büchse gekommen, der vor siebenundzwanzig Jahren zu Stuttgart nur die Armbrust gesehen. Die Schwyzer brachten den Hirsebrei auf ihrem bunten Schiffe und die Straßburger holten uns mit Trommelschlag und Pfeifen ein. Ich war dabei! Ich kenne das! — — —

Und die Wohlthaten der reichen Burger, Herr und die Gaben auf dem Rüstwagen, gezogen von Pferden, die als Elephanten gekleidet waren. Und die griechische Komödie! Hab' sie gehört! Freilich, das verstehen nur die Prediger und Profeßoren. — Seither aber wachsen die Feste und viele tausend Schützen hat die Schweiz; das übt für den Krieg! Das b r a u ch t ein wehrhaftes Volk! (ab.)
(Zusammenlauf.) (Musik verstummt.)

Vreneli. Was ist d a s? Warum laufen sie dort zu= sammen? Warum gehen die Schützen von den Ständen? Warum kein Tanz mehr? (Festgäste laufen zusammen.)
(Haller und Vreneli folgen langsam der Menge.)

4. Scene.
Die Vorigen, Alter Prediger, Alter Bauer, Volk.

Alter Prediger (Haller erblickend.) Denket nicht zu ge= ring von meinem pastoralen Amte, Herr Haller! Ich bin ge= kommen, mit der Jugend zu katechisiren und den Zustand zu tadeln, welchen Ihr wohl auch kennet! Gebet und Kasteiung werden den Teufelsdienst für immer verbannen: Es ist ein Rückfall frommer Leute, denen ich die neue Lehre gebracht habe. Diese katholischen Feste müssen aufhören. Was saget Ihr dazu?

Haller. Lasset ihnen Jahres e i n m a l die Menschen= freude: Es ist ein Fest seit uralten Zeiten.

Prediger (fanatisch.) Auch I h r, Heinrich H a l l e r? Ich hab' es e r l e b t, wie Euer Vater die neue Lehre mit Wolfgang Musculus in alle Gaue trug; ich habe es e r l e b t, wie sie innige Freundschaft geschlossen, trotz des ver= schiedenen Alters; ich habe es e r l e b t, wie euer Vater ein Apostel geworden der Reform und Ihr, Heinrich H a l l e r, wagt es, ein k a t h o l i s ch e s Fest zu rühmen?

Haller. Es ist kein katholisches, es ist ein B e r g f e s t, ein V o l k s f e s t!

Prediger (entrüstet, mit erhobenen Händen.) Wohin sollen wir kommen, wenn Männer wie Ihr den Feinden Vorschub leiſtet? Luther hat geſagt: „Wenn Gott gefällt eines Mannes Weg, ſo bekehrt er auch ſeinen Feind zum Frieden." Euer Großvater iſt bei Kappel gefallen und Euer Vater war der erſte Sohn eines reformirten Prieſters!

Haller. Was hat das zu ſchaffen mit dem Feſte?

Prediger. Der Tod der Glaubenshelden rührt den Enkel nicht? Alle Frömmigkeit, alle Gelehrſamkeit hat er Eurem Vater vererbt — und Euch Nichts? Wie kommt es, daß Ihr verirrt ſeid? Daß Ihr bei ſchnödem Tanze die Traditionen Eures Landes entweihet? Habet Ihr vergeſſen Jakob Ammann, Georg Binder und Bernhard Cham? Euren Oheim Wolfgang? Ich traue meinen Augen nicht! Petrus Viret, mein Lehrer, wenn Du Solches erleben müßteſt! Der Glaube geht zurück jammern die Katholiſchen? Sie tragen ſelbſt die Schuld, wenn ſie nicht ſehen in ihrer Art mit Glocken und Feſten, Flitter und Jubelſang, wie es bei uns ſteht!

Haller (ernſt.) Sie nehmen nicht Alles und laſſen das Angeſtammte: Wer reformirt ſoll nicht ausreißen.

Prediger (zu den Leuten gewendet.) Und Euch Bergbewohner ekelt nicht vor den Komödien? Vor allen ſolchen Künſten und Wiſſenſchaften? Man gehet darin ja wie eine Kuh in der Streue!

Haller. Herr Paſtor! Der Lehre wird ſolche Rede nicht nützen, 'mein ich!

Prediger. Einſt waren die Schweizer einfacher! Bunten Tand tragen nur verlorene Seelen! Wie lange iſt es her, ſo waren ſie Alle erſtaunt über die erſten Hoſen. Der „Hoſenteufel" ſei ein Anzeichen des jüngſten Tages hieß es. Wo iſt der einfache Sinn? Dort oben ſtehen ſie und wetteifern in Hoffart hinter leinenen Halsträgen. Gott geb' Euch Vernunft und Klugheit! Wenn Ihr Römlinge ſeid, dann ziehet hin! Meine Seele iſt betrübt!

Alter Bauer. Es iſt eine Bergpredigt. Sparet die für die Kanzel! (Die Leute verlaufen ſich.)

Prediger. Nein, wo ich das Böse finde, muß ich es tadeln: Wie heißet es im Evangelium Matthäi im 5. Kapitel?

(Das Schießen ertönt und die Musik beginnt wieder.)

Haller. Herr Pastor, sie hören Euch nicht!

(Der Prediger steht fast allein da.)

Prediger. Und wenn nur Einer hört! Dort heißt es: „Da Jesus aber das Volk sahe, ging er auf einen Berg und seine Jünger traten" — — — — So höret doch! — — Ist Keiner mein Jünger? — — — Er wartete, ob Keiner kam und Jesus that den Mund auf und lehrte sie und sprach: „Selig sind, die da geistig arm sind, denn das Himmelreich ist ihrer. „Ihr seid ja das Salz der Erde. Wo nun das Salz dumm wird, womit soll man salzen?"

Alter Bauer (spöttisch.) Ja, ja, Ihr seid das Licht der Welt, aber hab't das Salz auf der Zunge. —

Prediger. Man zündet auch nicht ein Licht an und stellt es unter einen Scheffel, sondern auf einen Leuchter, so leuchtet es denen Allen, die im Hause sind! Also lasset Euer Licht leuchten vor den Leuten. — —— —

Ihr sollt nicht wähnen, daß ich gekommen bin, das Gesetz oder die Propheten aufzulösen. Ich bin gekommen zu erfüllen! — Euere Rede sei Ja! ja! Nein! nein! Was darüber ist, ist vom Uebel!

Wohlan, erfüllet auch Ihr das Maß Eurer Väter: Ein jeglicher Baum, der nicht gute Früchte bringet, wird umgehauen und in's Feuer geworfen! (Tanz und Musik.)

Haller (ihn unterbrechend.) Sehet Ihr denn nicht, daß Ihr eine klägliche Rolle spielet. Das Volk will sich freuen an diesem Tage. Es ist alte Oberhasli=Sitte. Die werdet Ihr nicht ändern.

Prediger (tritt zu den Tanzenden.) Ihr Schlangen! Ihr Otterngezücht! Wie wollt Ihr der ewigen Verdammniß entrinnen? So sind die Menschen und sie lieben ihren Untergang. Da drehen sie sich und die eitle Lust glüht auf ihren Wangen, als ob niemals des Lebens Ernst sie überkäme und die Sinne leuchten aus den Augen. Und solche Dirnen nehmet Ihr zur Ehe?

Stimmen. Er soll schweigen! — — — Hör't ihn nicht an! Er lästert die unschuldigen Mädchen und Frauen!

Alter Bauer. Ehrliche Mädchen sind keine Dirnen! Das ist ein züchtiger Tanz! Wir wissen schon, was Sitte ist: „Kauf' Deines Nachbars Rind und freie Deines Nachbars Kind", heißt es. Wo sollen sie freien, als am „Dorfet"?

Prediger (zornig.) Das böse Beispiel ist es, das Euch verlockt. Nichts ist launiger als ein Weib, — so läuft es allen Dingen nach, die neu sind und jetzt schon verdrießt sie der Glaube ihrer Mütter?! (Spuckt aus) . . .

Alter Bauer. Ich sag' euch: Heirathe über den Mist, dann weißt du Wer sie ist! Wir kennen unsere Weiber besser als Ihr!

(Weiber schluchzen.)

Vreneli (bei sich.) Mir ist, als müßt' ich vor Scham in den Boden sinken.

Haller (die Stirn runzelnd.) Ihr solltet das Fest nicht stören, Herr Prediger!

Prediger (ungeduldig.) Im Consistorium reden wir zu Bern, wo ich Anklage gegen Euch erhebe, Abtrünniger! Ich gehe! (geht ab.) (Das Volk verliert sich im Hintergrunde.)

5. Scene.
Vreneli, Haller.

Haller (hastig.) Ein Wort, Vreneli, nur ein Wort mit Dir allein (nimmt sie bei der Hand.) — Oben knattern die Büchsen und schlagen die Armbrust-Pfeile in das Holz. Die Fiedeln begleiten des Predigers Baß. Niemand hört und sieht uns. Ich habe Wichtiges Dir zu sagen!

Vreneli (folgt zögernd.) O, wie hab' ich Dein Kommen gesegnet, Heinrich! Ich hab's gewußt, Du bist ein vornehmer Herr! Jetzt aber denk' ich, ein Haller, wird der mich wollen, das arme Mädli?

Haller. Willst Du mir einen Dienst erweisen?

Vreneli. Mit tausend Freuden!

Haller. Will's Dir ewig lohnen!

Vreneli. Ewig lohnen?

Haller (aufwärts blickend). In den Kronen der uralten Bäume rauscht das Laub. So einladend sind die tiefen Schatten am Waldesrande; es säuselt in den Bäumen der Friede durch die Zweige und träumerisch wanken die Tannen-Aeste im Hauche des Bergwindes. (Faßt sie um den Leib.) Herzliebstes Täubchen! Bist mein? Wahrhaftig, Dein liebes Gesicht hat mir vorgetanzt Tag und Nacht seit damals, Tag und Nacht!

Vreneli (entwindet sich). Heinrich! Schau' den Geier dort oben!

Haller. Macht er Dir bang?

Vreneli (blickt ihn stolz an). Heinrich!

Haller. Bald wird's Nacht. (Sie steigen in den Wald.)

Vreneli (gleitet auf einer Wurzel aus). Ah!

Haller (fängt sie auf). Vreneli! Jetzt bist mein, ganz mein!

Vreneli (sinkt an seine Brust). So bin ich Dein! — — — — (Sie halten sich stumm, Brust an Brust.) —

Haller (sie küssend). Vreneli!

Vreneli (streicht mit der Rechten über die Augen). Hab' ich geträumt? Ist's wahr? Sag'! Rede! Was hast Du gewollt von mir?

Haller. Nur Eines: Sag' mir, wo ist die Tasche, die Dein Vater getragen hat, als er mich bei der „Hehlen-Platte", als — — — — — er mich — — — halten wollte?

Vreneli (enttäuscht). Was soll die Euch noch? Die Tasche?

Haller. Was sie soll? Er hat sie verborgen vor Dir?

Vreneli. Vergraben. Ob sie noch dort ist?

Haller. Dann suchen wir. Zeig' mir, wo? Komme! Ist es weit von hier? (Drängt aufwärts.)

Vreneli. Weit, eine Stunde vielleicht, zu weit!

Haller (drängt). Gehen wir! Gehen wir! Rascher Vreneli

4

Vreneli (sieht ihn erstaunt an). Wie Du verändert bist,
Heinrich! Dort ist's, wo ich gestanden bin. Aber, hoff'
es nicht, zu finden: Er hat Alles herausgerissen Wer
kommt da? Heinrich! Schau! Heinrich! Wie vom Himmel
gefallen die Antwort! —

(Heiny tritt auf.)

6. Scene.

Die Vorigen, Heiny (mit dem Felleisen).

Heiny (starrt Haller an). Oh! — — — Oh!! — —
Vreneli. Geh', Heinrich, geh', ich mach's.
Haller (in den Wald zurücktretend). (Leise.) Hat er die
Tasche?
Vreneli (lispelt). Ja! Aber geh! Es giebt ein Un=
glück sonst!
Heiny (noch immer unbeweglich dastehend). Vreneli!
(Sein Gesicht zuckt; er wirft die Arme in die Höhe und wendet sich,
wie vor einem Schreckbilde fliehend.)
Vreneli. Vater! Vater! Bleibet doch! Er ist's,
der Herr.
Heiny (stöhnend). Wer ist's? Ein Gespenst ist's!
Soll ich denn keine Ruhe haben von ihm?
Vreneli (reißt das Kreuz aus dem Mieder und hält es in
der Hand). Vater, bei dem schwör' ich's, er ist's und ver=
zeiht Dir! Er ist's!
Heiny. Trägst Du das Kreuz noch? Nein! Wirf
es fort, Vreneli, mir gieb's!
Vreneli. Gut, Vater, soll ich's nimmer tragen?
Heiny. Nein! Ich will es! Mir gieb's Vreneli!
Vreneli (sie löst es von der Kette). Eine Bedingung.
Heiny. Was? Red'!
Vreneli. Die Tasche mit Allem, was d'rin ist.
Heiny. Nein, behalt' das Kreuz. Das Geld hab' ich
dem Spittler gegeben, er soll es senden. Nicht jetzt, hab'
Eigenes d'rin!
Vreneli. Dann: Nur ein Ding, das ich mir such'!

Heiny. Das kannst, Vreneli: Erst gieb das Kreuz. (Er faßt die Kette an.)

Vreneli (zurücktretend). Ich werf's in die Aare!

Heiny (vor Begierde nach dem Besitze des Kleinods zitternd): Such' Dir, was Du willst! (Wirft die Tasche hin.)

Vreneli (sucht). Ich hab', was ich will. Da ist das Kreuz! (Giebt es.)

Heiny (reißt die Tasche an sich, bei sich): Ich hab's! Du nicht! (Stürmt, laut lachend, hinauf.)

(Ab.)

7. Scene.

Vreneli, Haller, Prediger.

Vreneli (jubelnd). Heinrich! Da!

Haller (bei sich). Das Lachen des Alten klingt wie Hohn. Ob sie es hat, das Papier? (Tritt vor.) (Laut.) Von den Felsen widerhallt der Ton seiner Stimme. Was hat er? Er redet irre!

Vreneli (ein Paket schwingend). Ich hab's, ich hab's! (Weint vor Seligkeit.) (Die Fiedeln und Trompeten ertönen aus der Ferne.) Sie ziehen schon ab! — Dein Kreuz hab' ich ihm gegeben: Es soll ihn trösten und das Gefundene erkauft mir den Lohn „für ewig"! Für ewig hast Du gesagt, Heinrich! (Wirft das Paket ihm zu.)

Haller (erfaßt es mit beiden Händen und löst den Bindfaden). Vreneli! Wo ist's?

Vreneli. Was ist?

Haller (öffnet und taumelt, wie vom Schwindel erfaßt, zurück). Vreneli!

Prediger (suchend). Haller! Haller! Mein Freund! Ich bitte Euch!

Haller. Leb' wohl Vreneli! Ich muß geh'n. Der Pfarrer ruft. Er will sich versöhnen. Wir sehen uns wieder, Vreneli!

Vreneli (ihn am Arme haltend). Wann? Um Gottes=

4*

willen! So gehst Du von mir? Warum so blaß, Heinrich? Was ist?

Haller. Leb' wohl, Vreneli!

Vreneli (bei sich). Er geht?

Prediger (abgehend). Haller! Haller! Wo seid Ihr! Mein Freund! (Haller eilt ihm nach.)

Vreneli (will folgen). Heinrich, kömmst Du w i e d e r?

Haller. Ja! Bald!

Vreneli (leidenschaftlich). Wann? Wann? Sind's die rechten Papiere? Ich seh's in Deinem Gesicht. — — —

Haller (enttäuscht). Es sind nicht die rechten! (Ab.)

Predigers (Stimme von ferne). So eilen wir von dieser unheiligen Stätte! Haller! Da seid Ihr ja!

Vreneli (hält sich an einen Baum)! O, nicht um mich? Um das Verlorene nur ist er wiedergekommen! O, Alles ist jetzt verloren! (Sie macht einige Schritte vorwärts, taumelt, fällt wie leblos zu Boden, dann rafft sie sich auf und läuft in der Richtung, welche Heiny eigeschlagen): Ich muß es haben, das Papier! (Ab.)

(Der Vorhang fällt.)
Ende des IV. Aktes.

———

V. Akt.

Grimselhospiz und Seeufer, wie im 2. Akte.

1. Scene.

(Nacht)

2 Knecht, später Heiny.

2. Knecht zieht den Strang der Nebelglocke). Seit sechs Tagen in Wolken, seit sechs Tagen keine menschliche Seele! Zum Läuten geh' ich täglich heraus, als ob ich Manchen her= läuten könnt'. Aber nur das Nachtvolk antwortet, die „Bösen" aus den Schlünden und Tobeln heulen ihre Zauberlieder auf der Jagd. — Um die Stunde wagt nicht einmal der Burtannen, der muthigste Strahler weit und breit, in die Höhlen zu schauen: Im Winter verspätet sich's leicht. Wer zu spät ist, ist verloren! Sie schleudern ihn in die Spalten, verschütten den Eingang, laßen ihn verschmachten! Wer sollte dann kommen auf die Grimsel, wenn die Geister ihre Schnee= lasten und Felsblöcke in die Tiefe werfen? Das Wütisheer! Ja, das Wütisheer! Nicht Jedem kommt der Schwarze Mann und bringt Schätze oder die schönen Töchter vom Gauligletscher. (Läutet.) Was hab' ich thun wollen, wie ich die Stollenwürmer gesehen hab', nur hat der weiße Hahn gefehlt. Freilich, die Erdmänneli! Aber, was können die in so böser Zeit? So bin ich geblieben und läut', als könnt' ich mir ein reines Gewissen erläuten! (Geht in's Haus.) Ein reines Gewissen. Hätt' ich das Ruhekissen!

Heiny (athemlos, pocht an) He! Knecht! Aufthu'n. —

Knecht reißt die Thür auf und leuchtet mit einem Kienspan). Wenn's kein Spuck ist, so ist es endlich Einer von den Unseren!

Heiny (stolpert über die Schwelle). Hinein will ich! Er ist mir auf den Fersen! Rette mich! Dort kommt das todtenbleiche Gesicht mir nach!

Knecht (stößt ihn hinein). Du bist's? Wärm' Dich und dann geh'! —

Heiny. Verstecke mich!

Knecht (bei sich). Könnt' ich's! (laut). Nein! Nein! (Trotzig). Kannst essen und trinken. Dann fort aus dem Hause! Du redest zu viel. Hast ja genug Geld jetzt! Warum bist nicht in Realp? Bezahl' nur das Brot und den Käs'; hast ja genug Geld!

Heiny. O, sie verfolgen mich! Nur heute versteck' mich. Ich kann nicht weiter. Ich hab' das Geld dem Spittler gegeben. Hat' er's geschickt?

Knecht. Narr, daß es uns Alle vor's Gericht bringt? Wenn sie Dich finden, ist's schlimmer!

(Stößt ihn heraus und schlägt die Thür zu.)

2. Scene.

Heiny (allein vor dem Hospiz).

Heiny (ballt die Fäuste gegen das Haus). — Du weißt Alles, und höhnst mich noch? — Du hast's gethan und mich verstoßen! — Ich soll mein Lebelang Deine Schuld auf mir tragen? — Du verfluchtes Haus, dem Erdboden sollst Du gleich werden! Ueber Deine Schwelle ist die Weltlust eingezogen, ist die Geldgier eingezogen und, statt den Menschen Trost, sollst Du Elend ausstreuen! — Ich hab's gesagt, ich, der alte Heiny! — Dort unter den Jugglistöcken bei dem Aarhorn sitzt er auf dem rothen Steine, der Ahasver! Schaut über den „Abschwung“ hinunter in die blaue Aare. Kann nicht mehr weiter! Zum vierten Male ist er da. Nichts hat er mehr gefunden zu verderben, was Menschen ergötzt: Sie haben Alles selber schon verdorben! — Steig' nur herab und weine wieder den Thränenbach, bis daß Alles zum See wird! Auch die Thränen erstarren zuletzt zu Eis! — — Das Glöcklein der Petronilla wimmert noch im Grindelwalder=Eise: Wo einst der Durchpaß war, jetzt ein Friedhof! — Sag' Du nur: Noch bin ich Herr! Du bist es: Keine menschliche Wohnung bleibt hier! — — — — O Menschenwitz! Du Feind! Irren ist mein Loos! Du hast den Trieb in das

Menschenherz gelegt, in rastlosem Pilgern, im Kampf mit der
Gewalt. Und glaub't Ihr an die Ruhe? Euer Blut, Ihr
Schweizer, wird nimmer ruhen! Das ist der Fluch,
daß Einer von Euch mich hinausgestoßen hat dort, wo
Jeder ohne Unterschied gastlich aufgenommen sein
muß, Wer es auch sei, arm oder reich, hoch oder niedrig!
Nur der Heiny nicht! (Weint.) Nur der alte Heiny
nicht! Es ist zu viel. Ich trag's nimmermehr!

(Setzt sich zum See und stützt den Kopf auf die Hände.)

3. Scene.

Der Vorige, später Vreneli und 2. Knecht.

Heiny. Ein Ende muß sein! (Vreneli tritt auf.) Das ist
der klare Spiegel, gefüllt mit den warmen Thränen des Ahasver!
Da sollen auch meine — Thränen hineinfallen und wenn sie
sich vermischt haben mit dem Wasser, dann geh' ich ihnen
nach! Ein Ende muß sein! Es kostet nur einen Sprung!
Heiny! Nur einen Sprung! Dann wird es nicht mehr
kommen, sein Gesicht. Ruhe! Ruhe! Da drinnen kannst still
liegen alter Heiny! —

Vreneli (nähert sich lauschend). Vater! Was wollt Ihr
thu'n?

Heiny (ohne sie zu hören). Der Angstschweiß steht mir
auf der Stirn. — Tauch' doch nur den Finger ein, Alter; —
Siehst Du, gleich netzt es den Arm. Hu! Ist es so kalt?
Das Wasser ist warm, aber das Grab ist so kalt! (Beugt
sich vor, fällt auf die Kniee.) Da! Da bin ich ja schon (stürzt
kopfüber in den See) — — — (taucht auf:) Jauchzen, Sausen
und Brausen! He! — — — (Sinkt.) — — — Zu
Hilfe! — — —

Vreneli (gegen das Haus). Zu Hilfe! Zu Hilfe! (Faßt ihn.)
2. Knecht (herbeieilend). Was ist's — Der Heiny? —
(Zieht ihn heraus.) O, Dem hätt's besser gethan, er wär' d'rinnen
geblieben. (Sie legen den Besinnungslosen auf das Moos und reiben
seine Schläfen.)

Vreneli. Der Himmel war ihm gnädig! Er wär'
ohne Buß' gestorben!

Knecht. Aber, er hört nicht mehr!

Heiny (erwachend mit hohler Stimme). Fort, fort von den
Menschen!

Vreneli. Er l e b t Vater, der Herr Heinrich l e b t ja!

Heiny (wendet sich). Dort? Wieder d o r t? (Fällt
zurück auf den Boden.)

Vreneli (traurig). Nein, er ist nach B e r n gezogen.
Ihr w ä h n e t ihn zu sehen. — — — (Haller erscheint.)

4 Scene.

Die Vorigen, Haller.

Vreneli (läuft ihm entgegen). Er ist's doch! O, hab'
ich Euch wieder. So kannst Du nicht scheiden! Jetzt ist
Alles gut, Alles gut! (Breitet die Arme aus.)

Haller. Er tödtet Dich, hab' ich gefürchtet!

2. Knecht (entsetzt). Dort ist der Herr! (Flieht in's Haus.)

Haller (ohne Heiny zu bemerken). Vreneli! Ich hab' Dir
U n r e c h t gethan! Da bin ich wieder! Ich hab' mich
losgesagt von dem wilden Eiferer: Soll mich nur anklagen.
Es war ein schwacher Augenblick, daß ich ihm gefolgt bin!
Was hab' ich von dem Wohlgefallen der Finsteren im
Consistorium, wenn ich D i c h nicht hab', mein Leben? Vreneli,
Du weinst? Da, gieb's dem Vater, was Du mir gegeben.
(Reicht das Papier.)

Vreneli. Schau dort!

Haller (entsetzt). Er stirbt?

Vreneli (traurig). Ob er stirbt! Hundertfach stirbt er
und den Verstand hat er verloren. Das Kreuz war von
i h m! — — —

5. Scene.

Die Vorigen, und später 2. Knecht.

Haller (tritt zu Heiny). Ich bin's, ich bin der Heinrich Haller; So schauet doch recht. Ich will Euch erwecken aus dem Elend: Ich will's Euch besser machen, das Leben.

Heiny. Seid Ihr's leibhaftig?

Haller. Ich hab' Euch verziehen, laßt mir die Tochter. (Reicht ihm die Hand.)

Heiny (reicht das Kreuz). Haller sagt Ihr! Und das Kreuz ist Euerer Mutter gewesen? So weiß ich Alles! Ich hab's da, im Herzen; ich steh' nimmer auf, laß't mich sterben. Ich kann das Leben nimmer ertragen. Ein Ende muß sein.

Vreneli. Vater! Vater! Redet! Dann wird Euch leichter. Wie Gift zehrt Alles an Euch!

Heiny. Soll ich reden? So hör't: Ich trag' es nimmer: Das Leben hat mich nur verspottet und gehöhnt. Den Haß gegen die Reformirten hab' ich gelernt als Kind und gegen die Berner und ein katholischer Pfaff hat mir das Leben vergiftet und ein Reformirter hat mich gerettet! Und ich soll einem Berner danken, daß er mein Kind genommen? Das Kreuz, das Kreuz hat mich geheilt, nur das Kreuz! Wer hat's getragen? Meines Wohlthäters Sohn und was hab' ich ihm gethan? Hinuntergestoßen hab' ich ihn von der „Hehlen Platt!" — — — Nein! Nein! Ich hab's nicht gethan: Aber, ein Ende muß sein! —

Vreneli. Vater! Warum ist es geschehen?

Heiny. Weil ich ein Narr bin und weil ich dem Herzog diene! Der Heiny von Uri ist am Leben geblieben und hat seinen Herzog sterben lassen. Ich will den Savoyer lassen und wie der Heiny von Uri thun!

Haller (erschüttert). Was, Ihr, der Heiny, ein Spion Savoyens?

Heiny (mühsam). Wiß't Ihr's jetzt erst? Kein Spion,

nur aus Haß gegen die Berner. Im Blute ist's und ich hab's gewußt.

Haller. Was hab't Ihr gewußt?

Heiny (greift in die Tasche und zieht ein Papier hervor).

Haller (laut lesend). Geheimbund zwischen Savoyen, Frankreich und Wallis! Das ist mein!

Heiny. Weiter!

Haller (liest). Erobert an der Hehlen Platt' am 17. October!

Heiny. Ich hab's gewußt, daß Ihr es hab't. Und mein Herzog, der Savoyer, dem mein Geschlecht mit Leib und Blut ergeben war, eh' es in die Schweiz kam, hat es verlangt, ich soll's dem Späher der Berner abjagen: Ich hab' Euch d'rum gestoßen.

2. Knecht (tritt vor, zerknirscht). O, Herr Haller, glaubet ihm nicht! Ich hab's gethan, ich hab's Breneli zu lieb gehabt und der Zorn ist mir in den Kopf gestiegen: Ich hab's gethan!

Heiny. Jetzt will ich Alles besser machen. Da hab't Ihr noch Eines, was Ihr nicht wißt. — (Reicht ein Pergament.)

Haller (liest). Geheimbündniß von Urnern, Luzern, Unterwaldnern, Zugern, Freiburgern und Luzernern. Auf ewige Zeiten Leib, Gut und Blut für die wahre altkatholische Religion — — Was? Was? Und dabei Geheime Notitiä, daß ein Berner-Spion über den Gries geht bei Verlust der Gnade Eueres Herzogs seine Aufschreibungen zu Stande zu bringen.

Chambery, 5. Octobris 1586.

Der „Spion"? Der wäre ich gewesen? —

Heiny (schwer athmend). (Nickt mit dem Kopfe.) Ja! Ja! — Es gibt überall Schlechte und Gute! Und Alle haben sie den Martin Luther nicht verstanden. So ist es gekommen, daß der Ahasver unter uns wieder geweckt worden ist, Verderbniß aussäend, Elend und Unfrieden. Keiner von Euch erlebt das Ende des Kampfes und der Heiny wird nicht der Letzte gewesen sein, den die Mönche zum heimlichen Lutheraner gemacht und die Reformirten als

Ueberläufer verachtet haben, nicht der Letzte! — — Und doch glauben sie Alle an denselben Gott, und doch sind sie Alle Menschen! Und doch ist's die gleiche Liebe, die sie predigen. Nur die Worte, nur die Worte, wie sie es sagen, sind verschieden und darum fließt Blut, noch — — viel Blut unter den Kindeskindern. — Es ist zu Ende mit mir! — Zieht mich nicht heraus, der Heiny hat doch Ruhe! — — — Das Bad steckt ihm im Leibe. (Will in den See, sie halten ihn.) So — jetzt wißt Ihr Alles und habt Ihr Alles. — Das wahre Vaterland ist dort oben!

(Fällt zurück, tastet mit den Händen nach Hallers u. Brenelis Armen.)

So, da hab't Ihr Euch — — — — (stirbt.)

Haller. Armer Heiny! Armer Mann!

Vreneli (drückt ihm die Augen zu.) Grab't ihn ein, wo die Mutter liegt im Wallis. Er hat sie lieb gehabt!

Haller. Ein Verbrechen aus Liebe hat ihn vertrieben, ein Verbrechen aus Haß trieb ihn weiter! Vor seinen Blicken ist das Unheil einhergegangen, um ihn ist Alles Stein geworden, auch die Herzen, wie vor dem Fußtritte des Bösen! Er hat es nimmer getragen. Gott geb' ihm die ewige Ruh'!

Vreneli (an seiner Brust weinend.) Amen! Heinrich!

6. Scene.

Die Vorigen.

Knecht (reicht Haller mit verstörter Miene die Hand.) Er hat ausgelitten. Leb't wohl. Ich geh'.

Haller. Wohin wollet Ihr? Wie seh't Ihr aus? Ich hab' Euch ja vergeben. Bleibet hier!

Knecht (traurig.) Hindert mich nicht! Er hat der Grimsel geflucht, weil ich ihn ausgestoßen hab' vom Hospiz. Ich will es wegwaschen, was ich an Euch und an ihm gesündigt!

Haller. Ihr habet ja gebüßt.

Knecht (den Kopf schüttelnd). Jetzt ist der Heiny dort,

wo Alle gleich sind! Nicht der Heiny allein soll Ruhe haben: Ich geh' und stell' mich dem Gerichte! (Weint.) Lebt wohl, Jungfer Vreneli! Für Euch war's gesche'hn! —

Vreneli. Lebt wohl (reicht ihm die Hand). (Knecht geht mit der Leiche, die er vor das Haus bringt, wobei ihm Haller hilft, dann ab. Haller und Vreneli knieen vor der Leiche nieder.)

Haller. Er hat die Stätte wieder geheiligt durch offene Reue. Liebe hat sie Beide verführt und fortgetrieben: Den Heiny in den Tod, diesen in die Strafe der Gerechtigkeit! Sühne ist's! D'rum sei die Liebe Dir der Friede, hier an meinem Herzen, als Frau Verena Haller. Gott segne unseren Bund! Gott segne das Vaterland!

(Sie umschlingen sich und treten zum Hause.)

(Der Vorhang fällt.)
Ende des V. Aktes.

Ende.